飞鸟与射手

——韦国作品精选

韦国 著

天津出版传媒集团

天津人民出版社

图书在版编目 (CIP) 数据

飞鸟与射手：韦国作品精选 / 韦国著 . -- 天津：
天津人民出版社，2023.9
（当代作家精品 / 凌翔主编 . 散文卷）
ISBN 978-7-201-19830-9

Ⅰ. ①飞… Ⅱ. ①韦… Ⅲ. ①散文集—中国—当代
Ⅳ. ① I267

中国国家版本馆 CIP 数据核字（2023）第 174624 号

飞鸟与射手——韦国作品精选
FEINIAO YU SHESHOU —— WEIGUO ZUOPIN JINGXUAN

出　　版	天津人民出版社	
出 版 人	刘　庆	
地　　址	天津市和平区西康路 35 号康岳大厦	
邮政编码	300051	
邮购电话	（022）23332469	
电子信箱	reader@tjrmcbs.com	

责任编辑	岳　勇	
封面设计	朱　华	
主编邮箱	jfjb-lx2007@163.com	

印　　刷	三河市金元印装有限公司	
经　　销	新华书店	
开　　本	710 毫米 ×1000 毫米　1/16	
印　　张	16.5	
字　　数	213 千字	
版次印次	2023 年 9 月第 1 版　2023 年 9 月第 1 次印刷	
定　　价	59.80 元	

时光的捕捉者

——写在《飞鸟与射手》前的话

管国颂

当一切不复存在，我相信，这个世界还有文字存在。因为文字，我们得以活得纯粹和久远，也因为文字，我们可以把所有过往的事物，包括情感变得美好起来。

多年前，因为文字，我结识了《飞鸟与射手》作者，并且为他已经出版的《故乡的滋味》作序。那本书倾注了作者对他故乡与生俱来的深情、亲情与乡情，作者在其中或以第一人称的角色，或以其他亲历者的口吻出现，讲自己也讲他人，但无论是讲自己还是讲他人，讲述的都是故乡。故乡生他养育了他，他对故乡的情结是印在骨子里的，多少次，我为他的纯真叹服，当然，我更为他的执着呼唤。芸芸众生，热爱故乡是很多人的不二选择，但热爱并将她一直倾注于笔下，这还真不是一般人所能做到的。韦国先生做到了，而且做得如此持久、一发不可收，真是让人不得不为之称道。

《飞鸟与射手》是韦国先生所著的第二本书。在这本书稿成书前，韦国先生曾经犹豫过，包括这本书的书名。或许当时他还沉浸在《故乡的

1

滋味》里没有回过神来。故乡作为他生活的场所和写作的本体，他无法离开，即使是短暂的抽身，我也能从另一个角度想象出他的焦虑和不安、躁动与亢奋；或许耽于写作，他对自己追求的目标，或者在写作中不断尝试固有的突破，渴望成功和被认可，好几次在电话那头，他都向我坦露过他内心的纠结，连到写作《飞鸟与射手》的某些篇章乃至个别情节。究其原因，我想恐怕还是他的《故乡的滋味》从构思到创作过程的不易、不舍与继续。

继续，从思想的层面去解释，这是一个时间的问题，继续什么，这是我们在继续中存活的理由。从甲到乙，是一条直线，没有平面可言，而从长到宽，则有了平面，但还是缺少深度，只有当一个"高"立起，我们才能在情怀中把故乡进行寄托。这个过程，她既是一种对一方水土进行形象的描绘，更是超越时间之上的一次精神远行。

还是要从《飞鸟与射手》说起。《飞鸟与射手》既是韦国先生所著这本书的书名，同时也是他作为写作体裁的拓宽，即从写作散文到写作小说《飞鸟与射手》的一种全新尝试。这篇小说最初始见于《简书》，其点击量和人气爆棚的程度大大出乎作者本人的意料。《飞鸟与射手》写的是一对乡村男女从青春年少到夕阳晚霞的情爱佳话：搭起的箭朝着天空的飞鸟，时间凝固，飞鸟入怀，箭从此成为希腊神话中的丘比特爱神之箭，由此，爱亦永恒。循着韦国一贯的写作风格，依旧开讲了他留在记忆中故乡里的事情。说到这篇《飞鸟与射手》的名字，它原来本是一首歌的歌名，当作者把它演绎成一篇小说，或许我们还可以把它当作叙事散文来读。随便怎么看吧，当这本书最终也得以以此为书名，我们便大抵能分辨出作者的审美趋向了。

当然，还有比审美趋向更重要的，那就是影响并决定作者审美趋向的那些因素，比如，生长的环境、生活的阅历、深刻的思考，滋润而有容乃大、本土而开放包容，哲学而富有诗意等诸方面，构成作者一个相对完整的写作生态。"当你把箭举起的时候 / 我已决定了不会再闪躲 / 你是唯一能伤我的射手 / 不让你看我的泪在流 / 就让我用最后的自由 / 去成全你的追求 / 如果你的泪为我而流 / 我是真的别无所求 / 当你把箭举起的时候 / 你的表情是如此的温柔 / 在我心上留下一道伤口 / 那是你给我的天长地久……"这是歌曲《飞鸟与射手》里的歌词，是作者在同名小说里向我们展开的乡村爱情的层层画卷，也是作者通过《飞鸟与射手》这本书，向我们阐释的爱与永恒的文学思想。在作者那里，因为爱，文学便是射向他的一枚箭，飞鸟则是作者用生命、用创造营造的时光，他存在的躯体是箭的靶向，一旦被击中，思想和灵魂便在永恒里流动，像一滴水投身江湖，像一片云融入天空。

翻看《飞鸟与射手》，我们能从里面所有的章节甚至仅仅是只言片语中，自然地感受到来自故乡的"原味"。从《故乡的滋味》中延伸，一路走来，《飞鸟与射手》依然用家乡的话叙述着故乡的事，正是应了德国哲学家海德格尔那句名言，"诗人的天职是还乡，还乡使故土成为亲近本源之处"。书中呈现给我们的最深动情和最大惊喜之处，就是作者在继续写作中，自觉肩负了"诗人的天职"，把作者内心深处与生俱来的"还乡"情结，表现得淋漓尽致。从烟火气扑面而来的 920 街坊，到最美人间四月天的河畔垂柳；从只是因为在人群中看了你一眼，到留住秋色中的二卯酉河的风光带；从告别凛冽寒冬里身体康复的父亲到角色转换后的星宇，还有一个人带上行李去远方的我、好为举手之劳的伍小伟、体育锻炼的扛上扛友……这些流淌在作者笔下的人和事，无一不烙着家乡的印记，"还乡"之于文学的表达，在《飞鸟与射手》中，永远那么随性而为，亲切生动。

对于一个长年坚持业余写作的人来说，因"还乡"情结的缠绕，寻找梦里的家园应该是他创作的原生动力所在。作者多次和我交流他的写作经历，快乐或者苦恼，困惑或者疏解，他都毫不隐讳，多少次，他游走在生他养他的土地上，捧一把泥土都觉得有无限的芬芳，他在这片令他魂牵梦绕的土地上不停地汲取自然与生命的力量。他写春天，"内心听到了窗外春色的呼唤：来呀，快来呀，万紫千红随春到，最美人间四月天！……好好欣赏一番春天的美景，感受浓浓的春意。远远地，就看见那金色的小黄花如星星一样散落在绿藤间，一瞬间，心里温暖又明亮"。这是典型的传统散文的写法，清新的白描，欢快的语气，让新春立马有了轻盈的感觉。"河畔的柳枝完全绿了，一层层、一缕缕垂挂下来，令人想起那句人人皆知的'万条垂下绿丝绦'。似瀑布，似门帘，整齐而有层次感；微风吹过，柳条飞扬，它们跳上一曲'春天的芭蕾'……桃花、梨花、玉兰花、海棠花，甚至满地遍野的油菜花，都争先恐后开过了，'晚樱'，已经晚了，无须再'犹抱琵琶半遮面'，大好春光一刻也不能辜负。"春光如此弥足珍贵。这是作者家乡的春天，一个写来触景生情，由自然到内心的春天，层层展开，温馨而甜蜜。

如果坦露韦国的写作历程，我们可以把《故乡的滋味》当作他文学硕果的头胎，那基本是纯散文的文集，那时，我祝贺他新书出版时就曾经说过：《故乡的滋味》之后，我依然对作者抱着新的等待，等待他扎根更深的沃土，等待他挖掘更丰富的生活和一次比一次更出彩的发现。今天《飞鸟与射手》成书，似乎给这样的等待画了一个圆满的句号。

因为拥有厚重的生活阅历而生发的写作后劲，作者从写作《故乡的滋味》到写作《飞鸟与射手》，始终处于饱满的写作状态中。一方面，作者秉承了他以往的现实主义与浪漫主义相结合的风格，寓情于景，寓思想于形象，以写实的文学方式，参与并洞察生活，以发现生活的真谛。他勾勒了基层领导伍小伟冲锋一线、处复杂而不乱的形象——"气温这么低，面朝北的这些房子里整日不见阳光，非常冷，工作人员还要值夜班，为什么不装空调呢？"伍小伟问傅点长。"难平衡啊。高速出口露天无法装空调吧？这边装了，那边值班的人会攀比。"傅点长面露无奈与无奈的表情。"露天是露天的情况，不能因为露天装不上空调，这边的人必须挨冻。露天值班是三班倒，白天还有太阳晒，人在不停地走动。可这里，面朝北的房子，阴冷潮湿，特别是值夜班，人会吃不消的。"（《阳光照了进来》）动之以情、晓之以理，对话之间，人情、世情、民情、实情跃然纸上，相信任何一个读者读到这里，都会为有这样一个基层领导而敬佩。生活本来就是可以更美的，只是有时候需要我们时刻端正对待生活的态度、不断调整看待生活的角度。"人的欲望是个奇怪的东西，很多时候，我们渴望得到一些东西，得到后却又失去了兴致；我们手中明明握着别人羡慕的东西，却又总在羡慕别人的手里。"作者在《远处的是风景，近处的是人生》中引出人生的思考，答案当然也只藏在过往的生活里，"其实身边的人，就是最好的人。有责任心的人，即使遇见更好的也会选择守住婚姻；有责任感的人不会轻易抛弃家庭，他们明白婚姻的底线在哪里。著名景区荷兰花海内《只有爱·戏剧幻城》中有句台词得到观众的普遍认可与喜欢：在'不对'的时间遇上'对'的人，宁可我受苦，也不能让别人受苦。"

从《故乡的滋味》到《飞鸟与射手》，是作者写作的继续，文学作为现实的反映，首先需要的就是生活，作者长期工作在区县，扑面而来、也最不缺少的就是生活，所以在作者笔下，无论是现在还是过往，生活中的点滴随处可见。《逗你玩儿》里的伍小伟，《"面"运真会捉弄人》里的小桐，《山的那边，是海》里的林岚，当然更少不了这个那个"我"的形象，所有这些，都构成了生活的点面，通过"他们"，我们欣赏到了生活的乐趣和情味。《故乡的滋味》如是，《飞鸟与射手》亦是，如果要寻找出作者在两本书中前后写作手法上有什么不同，那就是在对人、对事、一句话、一个动作乃至一声叹息，细节把握上的不同。前者纯偏重于散文式的素描，而在《飞鸟与射手》里，我们看到的虽然也是素描，但在形象性上，则更多展示了作者小说上的功夫。他写乡村爱情，写一个女孩被一个男孩吸引："哎，这边有个看上去年龄应该跟自己差不多的年轻人，手里拿着墨斗和一支扁扁的笔，在木头上写来画去。'他年龄不大，怎么就不上学了呢？'欣燕忍不住悄悄多看了几眼，他的头发较长且乌黑发亮，风一吹就飘了起来；单眼皮，但眼睛并不小，看上去明亮又有神；嘴唇稍厚，上嘴唇还微微翘起，感觉跟别人不太一样；皮肤特别白，比农村多数女孩子还要白……"真的是好久没有读到这么干净而生动的描述了，就连女孩的心理活动写来也是那么细腻，"'长得这么眉清目秀，年龄又小，斧头、刨子之类工具他用得动吗？'欣燕正想着时，见那年轻人将扁笔往耳朵上夹，墨汁将他的皮肤染黑了"。爱有没有缘，一见是否钟情，这样独到而细腻的观察、鲜活的截取，对揭示人物形象、推进故事发展无疑交织着很强的渗透力。"'喂，那个小师傅，你耳朵……'欣燕朝着年轻人喊了一声，并用手指了指自己的耳朵，示意他注意耳朵后面。突然间，欣燕内心产生一种走上去为他擦一下的冲动，立刻感觉自己的脸发烫。"我们读过很多文学经典里的爱情描写细节，比如杜鹏程《在和平的日子里》的韦珍对刘子青朦胧的爱，王汶石《春夜》里云英对北顺的怀想，而在《飞鸟与射手》里，我们依然也能从篇章中领略到作者对一个乡村女孩爱的萌生与冲动的捕捉。对文学而言，经验的体验在于细节的灵动，作为主题特色的鲜明展现、作为人物形象的构造和故事情节发展的构成，细节生命的意义充分决定着文学表达的成败。

和作者在一起时，他也常常会自然地向我坦露并讲述他现在或曾经有趣的经历。他说他的父母、兄弟姐妹，他写下《过去的日子不能忘》；他说他的乡里乡亲，他记得《果子和炒米》；在尽情享受文学给他带来快乐时，他也不忘写下《摘下满天星》献给《"油菜花"》群；文品即人品，和作者长时间相处，我知道作者是一个故土难离、重感情、懂感恩的人。"在很多人的记忆里，都有一条取代不了的老街，承载了童趣，承载了青春，承载了思念，承载了很多温暖美好的过往。一条麻石小径蜿蜒通幽，两厢青砖白墙错落有致。新丰 920 街坊，便是这样的一条老街。"岁月沧桑，不管这条老街怎么变化，作者要说的生活里的故事，总会在他越来越长久的写作过程中，假以指代，只是这种指代，随着写作过程的深入、自我发现的肯定、否定与再肯定、再否定的循环往复，而从一个层面到另一个高度。"写气图貌，既随物以婉转；属采附声，亦与心而徘徊。"（刘勰《文心雕龙·物色》）这是任何一个写作者都想达成的两者统一，正如作家柳青所说："作家也是哲学家。哲学家用推理方法，表达他对人生和世界发现了什么，而作家用描写表达他对人生和世界发现了什么。"

自媒体时代，使每个热衷于文学创作的人在不同场合的表达变得可能，在新的文化生态和传播环境下，评论家怎样拨开重重迷雾，在错综复杂的文学表达中，为读者提供阅读的线索和架构文学的审美，这是一个现实而任重道远的话题。《飞鸟与射手》有如作者韦国先生笔下诞生的又一个孩子，其父其子，我们评介他，也犹如评介他的父亲，一个长时间以文化的自觉推崇故乡的人。作这样的评介，要想做到客观、公正、精准、全面，其实很难，有时可能会因为这样或那样的原因，甚至是一种说不清道不明的什么故事情节，让你着迷，让你触动然后感悟，然后写下点随想，类似于笔记，我想，这对于作者或更多的读者来说，也算是对文本本体的一种阐释。

（作者系《湖海》文学副主编、盐城市作家协会副主席）

目 录

俏也不争春

亲爱的人啊

行走的足迹

故事里的事

俏也

不争春 _____

生活，一半诗意，一半烟火。一条
老街，一段故事；寻一处旧时光，
尝一口老味道……

920 街坊，烟火气扑面而来

一

著名作家冯骥才在《老街的意义》中说："城市是有生命的，所以我们结识了一个城市之后，总会问一问这城市的由来。有的城市没有留下童年的痕迹，它的历史仅存于空洞的文字记载中，有的却活生生地遗存至今——这便是城中的老街。"

没错，在很多人的记忆里，都有一条取代不了的老街，承载了童趣，承载了青春，承载了思念，承载了很多温暖美好的过往。

"一条麻石小径蜿蜒通幽，两厢青砖白墙错落有致。"新丰 920 街坊，便是这样的一条老街。

920，就爱你！浪漫又充满了故事，让人忍不住去一探究竟。

这条街对于我来说并不陌生。其实不止不陌生，这里也有我的故事。

小时候，我们头脑里的"上街"，就是从乡村老家到新丰小镇上来。虽然条条道路通新丰，但其中最近的一条，便是走过一段路之后，接着从西向东穿过这条和平街。

不过，虽然好多次走过这条路，那时我却并不知道"和平街"这个名字。

有一次，我跟着父亲乘船到镇上卖猪，行船最后经过的，是和平街南侧的河道三卯酉河口。与相通着的、河面宽阔的"一条大河"斗龙港相比，这条河只能算一条小河了。

那次上街令我记忆深刻，不是因为和平街或其他什么小镇美景，而是因为在穿越马路时，我的脚套进了人家自行车的脚撑里，结果，我被拖得摔了个跟头。

事后想想，我这用脚"套圈"的准头，堪比杂技演员了。有关情形我写过一篇小文《请叫我"猪坚强"》，这里不再赘述。

在新丰中学读高中时，偶尔到新丰剧院看场电影或戏剧，就走到了和平街。剧院位于人民路与和平街的交叉口。

在那个时期看过的电影中，我对一部并不出名的影片《苦果》记忆犹新。内容是说，失去父母的姐弟俩中，姐姐溺爱弟弟，最终弟弟走上犯罪道路，姐姐却悄悄吞下弟弟在犯罪现场落下的一粒纽扣。这粒纽扣的寓意，是姐姐种下的一枚"苦果"。

高中时期，学校组织我们在剧院排练和演出过一些节目，同样令人难忘。

特别是上高二时，由从全校师生中选拔出来的人员共同演唱《在希望的田野上》等歌曲，我感觉那是盛况空前、精彩纷呈。

老师编排时用了大量的和声，唱起来也有一定难度。举个例子吧，比如《在希望的田野上》唱到后面副歌部分，女声领唱"哎嘿哟嗬呀儿伊儿哟"时，我们男声和声就衬在里面唱："呀儿伊儿哟，呀儿伊儿哟，呀儿依嘿哟嗬嗬……"

那可不是一般地有气势，也不是一般地好听。

我们班共有四名选手参加大合唱，两男两女，其实不用介绍，我是两男之一。

说实话，当时我的注意力倒没被比我高一个年级、扎着一条粗大辫子、担任领唱的女生所吸引，我比较喜欢听我们班级一位女生的声音，虽然她只唱女声合唱部分。而且我也喜欢看她小马驹似的长腿和穿上收腰西服后显得比较丰满的身材。

每到排练的时候，现场有那么多人的声音、那么多人的身影，而我几乎不用侧耳就能听出她的声音，不用找寻就能看见她的身影。

和平街，新丰剧院，有我童年的足印，有我萌动的青春日记。

走出校门之后，我被分配到新丰镇政府院子里的财政所工作。正巧，一位副所长家就住在和平街，因此，不仅到街道旁边的企业干工作时要到和平街来，有时副所长请我们到他家里吃饭，我们也会走进这条街。

当然，在工作之余到剧院看电影、看戏，同样会利用开场前或散场后的时间往西到和平街走一走。

我与和平街有着不解之缘，无论到什么时候，我都会发自肺腑地说："新丰和平街，920街坊，我爱你，就爱你！"

二

说了这么多，还没正式介绍新丰镇与和平街呢。

新丰镇，位于江苏省盐城市大丰区北部，较早时期当地人习惯称之为"北镇"，与县城大中集"南镇"相呼应。

这里曾经煮海为盐，后来张謇率领启东、海门移民来兴垦植棉。

最近十多年，新丰镇（后面简称小镇）着力发展旅游产业，先后打造出荷兰花海、阳光城市森林公园和大龙岛度假村等热门景区。

和平街（后面简称老街）西邻荷兰花海景区，东连小镇中心，位于小镇与旅游组团的过渡地带，像一条纽带将市井生活与旅游发展联结起来。

这条街于 20 世纪初期建成，迄今已有百年历史。

老街之所以被命名为"920 街坊"，除了因全长 1920 米之外，也是与荷兰花海"520"相呼应，体现"爱"的元素。

你知道吗？荷兰花海景区内不仅一年四季有郁金香、百合花、薰衣草、玫瑰及荷花等花草，而且有华东地区最大的婚纱摄影基地、大丰婚姻登记中心，更有著名导演王潮歌率团队倾力打造的《只有爱·戏剧幻城》。可以说，整个景区处处充满了爱的元素，处处弥漫着爱的气息。

当然，现在展现在我们眼前的新丰 920 街坊，是最近几年重新改造的。

改造时，本着"老街道、新生活、原生态、烟火气"的理念，既保留了 20 世纪 50 年代的供销社、紧固件厂门头等老建筑，也保留了六七十年代的麻切店、杂货铺、梅花糕摊点等传统美食小店和手工作坊经营，原汁原味地再现了老街日常生产生活的场景。

老街还根据人们的意愿留下了三分之一左右原住居民，他们是老街发展变迁的见证者，也是小街的灵魂所在。

走在老街，仿佛穿越到曾经的那个年代，历史感和烟火气扑面而来。从门外看过去，可能是一间店铺，里面有琳琅满目的小商品；也可能是一户居民，有老人正坐在摇椅上慢慢摇。

"从前的日色变得慢，车、马、邮件都慢。一生只够爱一个人。从前的锁也好看，钥匙精美有样子……"

你能想到的最浪漫的事，在老街，随时可能遇见。

同时，老街将具有代表性的上海垦区管理局旧址、蚕桑文化馆、北镇印象等传统业态纳入其中，在此基础上植入时尚新业态，满足新生活、新需求。

虽然改造后的老街我已去过几次，也品尝过不少特色小吃，但最近我还没去过呢。

三

今天是周末，老婆一早乘坐高铁去外地看孩子了，我决定中午开车到新丰920街坊游玩，不受时间限制，自由自在感受慢生活。

独自在家，"一人吃饱，全家不饿"，午饭干脆就到老街去吃美食小吃。

不长时间就到了，把车停到北侧的路边。车辆不少，好在道路两旁车位足够多。

天气不错，抬头看，天高云淡，令人心旷神怡。外面气温较高，赶紧脱下沉重的外套，感觉更加神清气爽。

游客好多啊，尤其是大人带着孩子一家同游的。听他们说话，大部分操着外地口音或者讲着普通话。嗯，不错，说明这个街坊有一定知名度，应该有部分游客是从荷兰花海景区一路游玩过来的。

新丰剧院青砖青瓦上渗出些斑驳的盐霜，让这座经过改造后的建筑显得很有年代感，似乎在告诉人们，这里曾是整个淮南地区最大的盐业公司所在地。

站在剧院小广场，我仿佛听到了《马铃儿响来玉鸟儿唱》《赠塔》等动听的歌曲与戏曲唱段。当年，坐在剧院看电影、看戏的时候，我才十五六岁，而今，四十年过去了。同班的那位一起合唱《在希望的田野上》的女生，你在他乡还好吗？

快来看这面墙，红砖块、白石灰，将人们一下子拉回20世纪六七十年代。绿色邮筒、邮递员骑的二八大杠自行车，还有"224171"，这是新丰镇的邮政编码；由一扇木门做成的明信片，上面写着"见字如晤""车马很慢，一生只够爱一个人"；墙头那盏圆形的老式路灯，到晚上发出的灯光可能有些昏黄……

面对老街、老物件，怎能不想起过去的旧时光？怎能不想起曾在生命中出现过的那些人、那些事？

"老街咖啡"是一家连锁店，在老街入口特别应景。挂在青砖墙上的圆形 LOGO 下面，是这样一段文字："老街是一首流淌的诗，慢慢读给你听……"

突然想起了在"盐城广播 882"中听到的一句导语——"时光永不老，生活仍新鲜！"

是啊，"老街咖啡"，是古典与新潮的碰撞。老街，让人们在体验中穿越怀旧、在怀旧中感受时尚。

赶紧体验一下，我走进了咖啡屋。还没点单，就被咖啡屋的后门所吸引：这是两扇对开的木门，中间插着根粗大的门闩，正像我们小时候家里用的大门。

小时候，我们还在木门背后的横档上爬上爬下，玩捉迷藏的游戏。

再抬头看，屋顶、屋梁，都和过去的老屋极其相仿。

"来一杯咖啡，品质好一点的。"在这么有亲切感的咖啡屋里，必须坐下来感受一下。

"您选一下品种。有两种拿铁咖啡比较畅销，在我们店属于比较好的。"服务员微笑着告诉我。

"我要不怎么甜的，热的。"

"那，燕麦拿铁吧。"

一会儿工夫，一杯热咖啡做好了。当然，这么快，肯定不是现磨的。

喝完咖啡往里走。

有一间"觅姐麻辣烫"，附房还开设了"麻辣烫研究院"。这个招牌有点大，应该可以称作"幌子"，我心想。自己不太习惯吃麻辣风味的，就不进去打扰人家了。

且慢，这幢青砖青瓦红木门窗的二层小楼是什么？"禧春茶楼"，中间长长一排红灯笼真是喜庆极了。看了灯笼上的字可以知道，茶楼不仅可以喝茶，还供应苏式早点、典藏私房菜等。

　　我一个人，若是来喝茶，恐怕人家都不肯接待，不凑热闹。

　　白墙上绘着梅花，屋檐下挂着一块块精致的小木牌和红红的中国结，我知道这小房子里面是卖什么的。

　　上次我们民进大丰支部来老街视察调研时吃过这些小玩意，梅花糕、海棠糕、油墩子、青团、米团和藕饼之类；各种馅儿，有豆沙、紫薯、芋泥、萝卜、蛋黄和肉馅等。

　　刚刚做出来时，冒着热气，那个香甜，让等候的人止不住流口水。

　　我要买两只在现场吃，再带上十来只回去。

　　一只肉馅、一只萝卜馅的，站这儿一口一口慢慢吃了，香喷喷的，好像一下子回到了学生时代。

　　另外各种馅的各买两只。

　　有一种叫作"麻切"的糕点，你熟悉吗？

　　早听说老街的吴记麻切馓子店每天顾客盈门，手工麻切、麻饼、馓子、各种糖果子、脆饼、鸡蛋糕等记忆中的老大丰糕点一应俱全，优质的食材、传统的口味、整洁的环境，为店铺赢得了良好的口碑。

　　好多人不知道麻切是什么东西，告诉你吧，这是一种老式糕点，长方形，油炸而成，外面粘着一粒粒的芝麻，口味有点儿类似于桃酥。

　　在我们小的时候，小商店里基本都有得卖。麻切，说它饱含着童年的味道、家的味道，一点儿不夸张。

　　刚刚吃了海棠糕，不能再吃麻切了。可以买了带回去。

　　我跟做糕点的师傅聊了聊，主要是想了解清楚，为什么麻切的味道特别香呢？原来，它是"熟做"的，有别于一般糕点。所谓"熟做"，就是将米粉或者面粉先炒熟了，然后做成一定的形状，再用油炸或者上锅蒸。复杂的程序背后，必然是更多的原料和人工投入。

"其实卖麻切基本不赚钱，但不少顾客喜欢。当然，他们在买麻切的同时，也会买上其他一些糕点。"师傅坦诚地告诉我。

"哦，那我称上一斤麻切，再称二斤徽子。用袋子给我装起来，先放这儿，我回头来拿。"我要体谅别人，不赚钱的少买点儿。徽子体积大，拎在手上不方便。

蜜菓现磨咖啡、卜卜炸串、型男美蛙、南京鸭血粉丝汤……我边走边看，有疑问的就到店里问问。

比如型男美蛙，我就问清楚了，是烤整只牛蛙。年轻的店主介绍说，口味绝对不错，大众都能接受，一点儿都不怪异。

上海市人民政府垦区劳动生产管理局旧址，位于内街（里面）的一个小院子里。静静停在门口的一辆拖拉机，早已锈迹斑斑；被风雨侵蚀得变了形的木制老式脱粒机，显得粗糙而古朴……仿佛在告诉人们那段垦荒生产的光荣历史。

眼前这几幢低矮的红砖青瓦的建筑群好有沧桑感啊！木窗以下的红砖已经风化，屋顶的苔藓让青瓦显得更加厚重。细读墙上的简介，原来这是垦北区机关暨新丰供销社门市旧址。始建于 1949 年 11 月，主要经营棉布、粮食、食品等，1957 年以后，改做新丰供销社生产资料门市部。

新中国成立初期物质条件原来如此匮乏。也许那时候有砖墙瓦盖的房子就相当难得了。

记得我小的时候，家里住房全是泥墙草盖。不过那也有它的好处，就是冬暖夏凉。到了夏天，泥墙的洞洞眼眼里藏着很多蜜蜂，掏蜜蜂是我们男孩子乐此不疲的一项娱乐活动。

几十年沧桑巨变，如今中华大地繁华似锦，新丰小镇也处处高楼林立。

"请党放心，强国有我"，不仅青少年，我们每个人都应该有神圣的使命感和责任感，为中华民族的复兴贡献自己的力量。

"兀时光"书局，不仅出售图书，也为广大读者提供洁净、宁静的读书空间。

进来之后才发现，房屋的进深很大，里面图书品种丰富，陈列得整齐而美观。

我在一套《毕飞宇文集》前停留下来。翻开其中一本《小说课》，从作者自己写的序中可以知道，这是他最新出版的文集，共九卷。"递进的数据附带着也说明了一件事，我是努力的。"作者平实的语言给了我们爱好写作的人一种前进的力量。

毕飞宇是兴化人。兴化与我们大丰地缘相近、人文相亲，他的文字读来感觉熟悉而亲切。《苏北少年"堂吉诃德"》我曾读了一遍又一遍。

我将他的文集中自己没读过的几卷买了下来。

可还记得"70后""80后"熟悉的汽水、萝卜丝、干脆面、大白兔奶糖、辣条、麦乳精等？这些，在"汽水门市"都能找到，还有蛤蜊油、百雀羚、友谊雪花膏等更早时期的生活用品。

我兴冲冲地买了一瓶北冰洋汽水，八块钱。再也不是当年的五毛一块的价钱了。

"要不要吸管？"服务员问。

"不要，大口喝才能找到当年的感觉。"说完，我仰头喝上一大口。啊！一股气从鼻孔里钻了出来，完全是当年那个味道，真爽！

大丰县新丰镇紧固件厂，这个门头是以原貌完整保存下来的，老新丰人都会记得这家厂和新丰镇标准件厂。作为在新丰工作过的人，我还能说出几位老厂长的名字，只是有的人已经故去了。

"大馄饨、小馄饨，现包现做的馄饨；香干、臭干，闻着臭吃着香的臭干。"这样的叫卖声，相信大部分人都熟悉。

臭干，在路边摊点一般我还真不太敢吃，在这条老街的店铺，我倒要尝尝，何况这店铺开在了大丰县新丰镇紧固件厂的"厂房"里。

果然，一进门就看见一位中年妇女在麻利地包着馄饨。

"您想吃点什么？"她抬头问。

"馄饨是现包的吗？"我反问。

"当然！要最新鲜的，就从我手上这一只开始，以下 26 只就是您的。"她还挺风趣。

"臭干是从长沙空运过来的吗？"因为在街头听多了此类虚假宣传，我故意这样问。

"不是，是从东台托运来的。大丰的臭干也不错，不过人们普遍更喜欢东台的口味，外脆里嫩，闻着臭、吃着香。但我是大丰人。您是大丰人吗？"她又抬头看了看我，"要不要各来一碗？"

"我是大丰人，老家就是这西面不远地方的。好的，各下一碗，只怕吃不了这么多。"我笑了笑。

"往老街里面走，还有不少好玩的地方，您慢慢逛，不会吃撑着的。"她还真会说话。

一会儿，馄饨的味道、臭干的味道，在屋子里弥散开来。"人间烟火气，最抚凡人心"，还没吃上一口，我就被这浓浓的烟火气所感染、所陶醉了。

我不着急，一只一只、一块一块、一口一口地慢慢吃。

吃饱了、喝足了，到"北镇印象"展馆慢走细品。

展馆一楼是以童年记忆为主题的"沉浸式"互动体验空间，跳方格、推铁环、掼烟壳板、斗鸡……那些过去的小游戏，几乎没有我不会玩的。

只是现在孩子们常常手机不离手，那些简单的游戏在他们眼里可能没有任何吸引力了。

二楼主要从"地与业""物与俗""人与事""心与忆"等角度，讲述新丰镇的历史文化与百年记忆。

古色古香的戏台，今天没有什么演出安排，有工人在维护、打扫。

"新丰蚕桑"展馆，正在建设之中。其实新丰镇的蚕桑，无论蚕的养殖，还是丝绸、桑叶等相关产品，并不逊于"丝绸之乡"东台富安，只是过去开发、宣传得不够充分。

接下来有两个网红店，是老街上生意最火的两家。

"人生营家"，以露营为主格调，热带植物、帐篷、沙滩等特别受年轻人和孩子们的喜爱。我进去看了看，果然像个植物园，又像是露营地，特别是那些大帐篷，可真叫"想着玩"。

"酉禧柿"则是"有喜事"的谐音，主要承办青年人求婚、单位团建等活动。精致而时尚的现场布置，别出心裁、出其不意的环节设计，是他们有别于一般酒店的竞争力。

据说开业不到一年时间，投资成本已基本收回。年轻的女老板还是兼营这家店，主业是搞房屋装修设计与施工。

没料到，一家规模较大的酱油坊"养在深闺"。我是被那一排排酱缸、一顶顶盖酱缸的"斗笠"吸引过来的。

"大丰老字号""红酱油、白酱油，酱园里面有好酱油""古法酿造，零添加，味香鲜，色泽美"……

仅听介绍你不一定会相信，但现场看了制作流程你就信了，这里的酱油不一般：选豆、清洗、润水、浸泡、蒸豆、下缸发酵、制曲、接种、日晒夜露、淋卤、生成酱油。

谁知一瓶酱油，酿造如此辛苦！

"您看这色泽，您看漂浮在上面的黄豆，保证零添加。这边有水龙头，您洗一下手，用指头蘸点儿尝尝，这味道不就是小时家里做的酱油味道吗？"一位中等身材、老板模样的人热情地向我介绍。

"我是被你这一溜大缸、一顶顶'斗笠'给迷住了。"我笑着说。

"带两斤回去吧？听您口音是本地人。这酱油，不来我这儿，您市面上肯定找不到。我们这是'非遗'呢。"老板抬手指了指。

我顺着他指向的墙上看过去，果然有一排铜牌。

"可是酱油不好拿啊。"我说的是实话。

"这都不是事。壶子，袋子，我为您包装好，跟商场里的原包装一个样。保证好拎，就是一不小心掉到地上都没问题。"

"好的，来两小壶吧。既然是小时候家里做的酱油的味道，我得送一壶给父母品尝一下。"

四

生活，一半诗意，一半烟火。

一条老街，一段故事；寻一处旧时光，尝一口老味道……

在经历了紧张忙碌的三年疫情防控之后，这个春天大家终于可以放松身心、放慢脚步，尽情沐浴这明媚的春光，尽情享受这人间春色。

来新丰920街坊走一走吧，一起感受慢生活。

天青色等烟雨，我在这里等你！

俏也不争春

一

这几天气温较低，出门时总会想起"春寒料峭"这个词。

冷归冷，但不能错过每一个普通而又特别的日子。今天是个星期天，又恰逢二十四节气中的雨水，美好时光不可辜负，到梅花湾赏梅去！

汽车驶向停车场，从右侧车窗看过去："哦，梅花已经开了。"不远处的路边已经有一簇一簇的红色。

"游客不算多。"停车时我对自己说。

春节期间一家人曾到荷兰花海景区去游玩，当时现场感受用一个字概括就是"人"，3000多亩核心景区内，到处都是人，人挨人、人挤人；如果用两个字形容，那是"热闹"，唱的、跳的、吆喝的，吃着的、喝着的、看着的……精彩纷呈，热闹非凡。

闲话少叙，快来买票。

怎么售票处没人卖票，免费吗？到景区入口处时却进不去。工作人员告诉我，需到旅客中心大门里面去买票，20块钱一张，普惠。我还是来得少了点儿，情况不太熟悉了。

在南广场，照例要拍照片。不是拍我自己，是拍景，主要是梅花湾的主题标志。

一棵我一直比较关注的江梅，也就是野生梅树，花儿已经盛开，"雪树元同色，江风亦自波"，满树繁花似片片雪花，又似点点星光。

白墙黑字，简朴醒目，毛泽东的诗词《卜算子·咏梅》总令人驻足品读、赞叹不已。别急，精品梅苑里还有巨幅紫铜浮雕的《卜算子·咏梅》，那里的设计与布局更加别具匠心，气势磅礴。

过了红梅桥，梅树、梅花一下子涌入眼帘。

"忽然一夜清香发，散作乾坤万里春"，哦，梅花开了，红的、白的、粉的、淡绿的……一朵朵，娇小玲珑、俏皮可爱；一株株，似多彩的巨伞，似落地的云霞。

经历了一个冬季风霜雨雪的洗礼，梅花从深褐色粗铁般的枝干里探出脑袋来，散发出阵阵古朴、悠远而缥缈的香气。

它们三两堆叠，有的已然绽放，有的还在酝酿惊喜，一抹抹靓丽的色彩爬上枝头。

梅花，是春天的信使，带来了春的气息，唤醒万物萌芽生长，大地呈现春和景明的景象。

有新发现！与过去相比，景区增加了一些关于党员干部政德教育的内容，主要由梅花实景、廉政步道等组成，将梅花"先众木而花，先天下而春"的品质与党风廉政建设的内涵结合，融合园内"亭台楼阁、轩榭廊舫"的景观，寓廉于景，廉景融合。

步入精品梅苑后，走近一株株精品梅树，尽情观赏、品鉴。

红梅娇艳似火，白梅凝若积雪，绿梅翡翠欲滴……"龙游梅"虬曲别致，"垂枝梅"舒展飘逸，"高杆丛生梅"层叠交错……

当春天遇上绽放的花朵，当花朵遇上古朴的中式建筑，一幅幅中式审美的春日画卷就这样在梅花湾缓缓展开。

一边欣赏仿古建筑，一边品味梅花清雅，朵朵梅花在庭院的映衬下十分雅致，这里的梅花多了一份独特的气质。

在梅林间欣赏白墙黛瓦、亭台楼阁，这里的古老风韵十分醉人。

走进颂梅阁，扑面而来一股茶香。点一壶好茶，听着珠玉落盘的琴声，喧嚣、浮华如潮水般退去，世界安静了下来。

细品袅袅的茶香，体味淡泊的心境。

移步庭院，赏八百年历史宋梅，五百年历史梅王、梅后，感受梅花湾古树名梅的魅力。梅后已经开花，宋梅和梅王尚含苞待放。

梅花湾的梅花盛花期应该在 10 天之后。不过，要知道："花看半开，酒饮微醺，此中大有佳趣。"

二

咏梅的诗词很多，我比较熟悉与喜欢的有"墙角数枝梅，凌寒独自开。遥知不是雪，为有暗香来""早梅发高树，迥映楚天碧。朔吹飘夜香，繁霜滋晓白"等等。

然而，我们最为耳熟能详也最喜欢的，一定是毛泽东的诗词《卜算子·咏梅》，在梅花湾，有两处可以欣赏到。除了上面介绍过的一处，另一处在梅文化馆左侧，是一幅气势恢宏而又精致无比的紫铜画卷。

古色古香的紫铜浮雕、纵横驰骋的"毛体"书法形式，正是毛泽东的著名诗词《卜算子·咏梅》："风雨送春归，飞雪迎春到。已是悬崖百丈冰，犹有花枝俏。俏也不争春，只把春来报。待到山花烂漫时，她在丛中笑。"

"俏也不争春，只把春来报"正是梅花的品格。

梅花湾景区，用一个字来概括，就是"美"，梅花美丽、高雅而美好。若用两个字来形容，就是"安静"。同样 3000 多亩，游客却比荷兰花海少了很多。景区内没有拥挤的人流，也没有喧闹的声浪，偶尔听见几声鸟鸣和湖面上黑天鹅的叫声。

和不远处热闹非凡的荷兰花海相比，梅花湾的确是安静的；与荷兰花海景区内那些被人们反复贴近观赏的硕大、鲜艳的草花相比，小巧、雅致的梅花在这儿显得有点孤寂。

没关系，"俏也不争春，只把春来报"。无论几十年，一两百年的老梅树，还是五百年的梅王、梅后，甚至八百年的宋梅，它们都安静地伫立在风中，不急不躁地向人们报告春的消息。

梅树、梅花，有着悠久的历史和深刻的内涵，在孤独、寂寞面前，它们不惧怕冷清、耐得住寂寞。

三

看着这些梅树、梅花，不由得想起了一些人、一些事。

老英雄张富清，在解放战争的枪林弹雨中九死一生，先后荣立一等功三次、二等功一次，被西北野战军记特等功，两次获得"战斗英雄"荣誉称号。但他60多年来，刻意尘封功绩，直到2018年底在退役军人信息采集中，他的事迹才被发现。

丽江华坪女子高级中学校长张桂梅，扎根云南贫困山区40多年，推动创建了中国第一所免费女子高中，2008年建校以来已帮助1600多位女孩圆梦大学校园。张老师被女孩子们亲切称为"张妈妈"，她像一束希望之光，照亮孩子们的追梦人生。

"俏也不争春，只把春来报"，这是张富清和张桂梅他们心中长久默默坚守的信仰，又是他们人生的真实写照。

可是，看看我们身边是不是存在着这样一个现象：一个人如果做出了一点成绩，就想方设法让他人知晓，制造"眼球效应"，让自己成为中心、上升为焦点。

卡夫卡《城堡》里有一段话："努力想得到什么东西，其实只要沉着、镇静、实事求是，就可以神不知鬼不觉地达到目的。而如果过于使劲，闹得太凶、太幼稚、太没有经验，终将一无所获。"

王国维在《人间词话》里写道："古今之成大事业、大学问者，必经过三种之境界：'昨夜西风凋碧树。独上高楼，望尽天涯路。'此第一境也。'衣带渐宽终不悔，为伊消得人憔悴。'此第二境也。'众里寻他千百度，蓦然回首，那人却在，灯火阑珊处。'此第三境也。"

这些和"俏也不争春，只把春来报"体现与传递了同样的道理。

百花凋谢时，梅花在漫天飞雪中傲然挺立，清香沁人；等到大地春回、百花怒放时，梅花则在花丛中发笑，欢乐地和群芳一道享受春光。

我们应该学习梅花的品格和精神，不计眼前利益，不计个人得失，耐得住寂寞，守得住繁华。

其实，争与不争，"俏"都在那里。

四

不经一番寒彻骨，怎得梅花扑鼻香。

春光无限好，大丰梅花湾景区千亩梅花等你来邂逅！

这里的天空是梅花的颜色，这里的大地是梅花的颜色，而这些都是大地回暖的颜色。

微风拂过，暗香浮动；良辰"梅"景，向阳绽放。这，是最美的春天！

趁着花开，让我们一起追赶春天的脚步吧，来梅花湾享受春光，享受诗与远方的美好。

最美人间四月天

星期六，休息日。本可以睡个懒觉，早早醒来后却睡意全无，为什么？内心听到了窗外春色的呼唤："来呀，快来呀，万紫千红随春到，最美人间四月天！快来看看这花花绿绿的人间。"

不再躺了，快快穿上运动服，到门前二卯酉河风光带跑步去，好好欣赏一番春天的美景，真切感受浓浓的春意。

远远地，就看见金黄色的小花如星星一样散落在绿藤间，一瞬间，心里温暖、明亮起来。

这是迎春花，与初春相比，不仅片片绿叶生长出来，密密麻麻的枝条"砌"成了一道道绿墙，而且根根枝条好像在绿颜料中浸染过一样，完完全全是翠绿的。

"绿意盎然"用在它们身上最合适不过了。

"金英翠萼带春寒，黄色花中有几般？凭君与向游人道，莫作蔓青花眼看。"请白居易尽管放心，不用杨郎中介绍，我一眼便会认准这是迎春花。

河畔的柳枝完全绿了，一缕缕、一根根垂挂下来，令人想起那句人人皆知的"万条垂下绿丝绦"。枝条浓密，似瀑布，似门帘，整齐而有层次感；春风吹过，柳枝飞扬，它们跳上一曲"春天的芭蕾"，风情万种，美丽动人。

垂柳，在落叶乔木中数它们绿得最早，而深秋甚至直到寒冬时叶落却最迟，它们是联结冬与春的使者！

晚樱，说开就开了，几乎没让人感觉经过多长时间的酝酿，也没经过什么刻意的渲染。

是啊，还等什么呢！桃花、梨花、玉兰花、海棠花……甚至漫地遍野的油菜花，都争先恐后开过了，"晚樱"，已经晚了，无须再"犹抱琵琶半遮面"，大好春光一刻也不能辜负。

宛如粉色云朵云蒸霞蔚，又似粉嘟嘟的笑脸灿烂无比。"朵朵粉花坐梢头，惹尽路人直娇羞。恳与百花齐争艳，四月樱子占鳌头。"晚樱甫一亮相，就是当然的主角！

这长廊上开得这么任性、这么纵情的是什么？是紫藤！

诗仙李白有诗云："紫藤挂云木，花蔓宜阳春。密叶隐歌鸟，香风留美人。"生动形象地刻画出紫藤洒脱的姿态和迷人的风采。紫藤的藤条虬结苍劲、曲折蜿蜒，若蛟龙出没于波涛间，显示出强劲的生命力。

在这最美的人间四月天，紫藤花爬满了枝蔓，一串串紫色花朵舒展身姿，垂落成最美的模样，空幽、浪漫。

春风吹拂，紫藤花随风摇曳，如彩蝶翻飞，这是传说中的紫衣女孩与心爱的人缠绵缱绻。

红叶石楠红得像一团团燃烧的火焰，这个季节简直就是它们的"发情期"啊，如同雄性麋鹿意欲参加鹿王争霸赛时，不停地往头上顶草、往身上涂泥。

看着这些火球一般的红叶石楠，不由想起一首动感十足的歌曲，其中有这么一句歌词："心在跳，情在烧，我会爱你直到天亦老！"

榉树、槭树、枫杨已是一片新绿，绿得娇艳欲滴，绿得楚楚动人；

而乌桕，嫩嫩的新芽刚刚露出头来，好像正新奇地打量这个色彩缤纷的世界。春天里，它们都是平静的、含蓄的，待到深秋，满树的橙黄与火红会将无限的热情点燃，那才是属于它们的季节。

再看这些野草、野花——

黄色的野菊花，不经意间开开落落。

酸溜溜的酢浆草，小时候曾吃过它的茎叶。

小伞似的打碗花，"打不破的碗""摘不完的花"。

满载乡愁的野豌豆，"相顾无相识，长歌怀采薇"。

满天星一样的点地梅，"花片片飞风弄蝶"！

还有蓝紫色的"婆婆纳"，星星点点，宛如花溪。婆婆纳算是乡村田埂地头最多见、最不起眼却又生命力最强的野草了，它花瓣上的条纹像蓝色眼睛上长着长长的睫毛，它们是大地派出的使者，怀揣着察看春天步伐的任务。

看到婆婆纳，我总情不自禁想起自己的童年时光。

欣赏了花花草草，再来看看晨练的人们。这个春天，大家纷纷摘下了口罩，穿上轻便、漂亮的衣裳，迎着春风奔跑，沐浴着春光舞蹈。

打太极拳的人们穿着统一的练功服，神闲气定，动作柔中带刚，周围的风景仿佛不在他们眼里，而在他们的心中。

这个方阵是跳交谊舞的，男士大多穿着短上衣、直筒裤，女士在紧身衣外面穿着裙装。当音乐响起时，他们便成双成对优雅地舞蹈、快乐地旋转。虽然大多是中老年人，但他们的舞姿依然和花儿一样美丽。

"兵分两路"挥拍奋战的是打羽毛球的。他们不仅跑动积极、挥汗如雨，而且讲究技术、战术，扣杀、轻吊等运用灵活，有谁打出一个好球之后往往伴随一阵"哈哈哈哈"爽朗的笑声。年龄，早已被他们忘到九霄云外去了。

跟着大人出来的孩子们，有的在骑单车，有的在玩滑板，有的在踢足球……他们像鱼儿一样自由地穿梭，调皮的男孩子玩出的花样漂亮又惊险。他们和早晨的太阳一样，充满了生机与活力。

春暖花开，最美人间四月天！

留住秋色

一

入冬以来的首次强寒潮天气来袭,外面下起了雨而且不是绵绵细雨,并伴有呛得人张不开嘴的 7 到 8 级偏北风,最低气温达到了 0℃。

早晨出了门,哦,真的好冷!

人们常用"秋风扫落叶"形容深秋及入冬的景象,而这次低温、降雨、大风"三合一",力量十分强大,那些落叶乔木的叶子在风雨和寒潮中大片大片地掉落,只剩下零零星星的在树上瑟瑟发抖,即使比较顽强的银杏、红枫等也不例外。

冬天的感觉一下子变浓了。

二

几乎每天都要走过的,是家门口的二卯酉河风光带。

二卯酉河是横穿大丰县城的一条东西向河流,当年由近代实业家张詧率领启（东）海（门）人来大丰"废灶兴垦"时规划与开挖。

晚上和老婆一起在这儿跑步纯粹是为了锻炼身体，而早晨我独自来这里漫步更多是为了欣赏美景。

栾树上的"红灯笼"是这儿最亮丽的景色之一。大部分"红灯笼"被高高"举过头顶"，一部分则被低垂着"提在手上"。

"红灯笼"的红各不相同、各具特色，大红色的热烈，酒红色的浪漫，棕红色的时尚，赭红色的沉稳……这些堪称神奇的"红灯笼"简直把各种红都占齐了。

一起来看唐代贺铸的一首诗："鼓声迎客醉还家，社树团栾日影斜。共喜今年春赛好，缠头红有象生花。"

无须多言，让我们直接为形象贴切、惟妙惟肖的"缠头红"鼓掌喝彩吧！

小小"红灯笼"有着极强的生命力，一次次寒潮摧不垮它们，一阵阵寒风只能吹落一小部分，直到寒冬腊月甚至来年春天，它们仍像小铃铛似的在枝头摇曳，那种自在劲儿"胜似闲庭信步"。

历经风霜雨雪后，"灯笼"颜色已变成了棕褐色甚至灰褐色。

榉树，是二卯酉河风光带另一个几乎随处可见的树种。其中，大部分是红榉，白榉偶尔可见。

红榉的叶子非常稠密，形状规则、纹理清晰，边缘像锯齿一样。

秋天榉树属于红得比较早的，并且是那种整棵树的红，红得齐整、红得壮观。

叶落时纷纷扬扬、飘飘洒洒，人从树下走过，不时有叶子飘落在头上、肩上和脚面，令人情不自禁放慢脚步或驻足观赏。若是遇上大风过后，地面会铺上厚厚的一层树叶。

常常有人在路边蹲下来，轻轻捧起一捧树叶，慢慢欣赏。我也曾仔细看过，它们火红的色彩、精致的纹理、结实的质地着实让人着迷、令人惊叹。

在二卯酉河北侧一处亲水平台旁边，有一棵高大的乌桕树，仅仅一棵，已足够成为一道亮丽的风景。我是它的忠实粉丝，从春天萌芽到深秋落叶，几乎每一个变化都深深印记在我的脑海中。

乌桕的叶子接近圆形，非常茂密，春夏季繁茂到几乎看不见枝条的程度。

深秋时节，乌桕的叶子逐渐变红，红得好像燃烧的火，特别吸引人的眼球，也引发了文人墨客的诗兴。

"乌桕微丹菊渐开，天高风送雁声哀。诗情也似并刀快，剪得秋光入卷来。"菊花开的时候，乌桕已经逐渐变红。

"乌桕赤于枫，园林九月中。"更晚些时候的秋暮，乌桕树叶就完全红了，比枫叶更红。

在叶子红了的同时，乌桕的果实逐渐开裂，外面一层黑黑的壳纷纷脱落，露出里面白白的籽儿，像花朵，像珍珠，像玉石，又像星星。

此后，乌桕叶子逐渐飘落，一片，两片，三片……树上的叶子越来越少，白梅花似的籽儿则显得越来越多、越来越好看。

即使最后只有几片挂在树梢，心圆形的叶子依旧红得耀眼，在秋风中显得更加美丽动人。

到了初冬，叶子落尽了，乌桕籽就成了焦点，吸引着人们的全部视线。古人就有"偶看柏树梢头白，疑是江海小着花""前村乌桕熟，疑是早梅花"的诗句，形象而生动。

而夜晚的乌桕籽在路灯的照耀下，成了"夜空中最亮的星"。

当然，二卯酉河风光带美丽的树还有很多种，比如红枫、晚樱、紫叶李、银杏、苦楝树等，一年四季，特别是深秋，它们七彩斑斓的叶子，美了二卯酉河，更美了人们的眼和心。

三

深秋的枫叶，无疑是最吸引人们眼球的。"停车坐爱枫林晚，霜叶红于二月花"，枫叶美到了什么程度？可与春花争胜！

在二卯西河风光带，有一处面积不算大的枫林。曾用手机上的识花软件识别过，那些枫树是"美国红枫"，树形高大，叶片宽阔，红叶落在地上简直可与玫瑰花瓣相媲美。

不过，这里的枫树数量不多、分布比较散，它们美则美矣，却形不成视觉冲击，加之离路边有些距离，树下布满了小灌木，行人只能"敬而远之"，看不过瘾。

另有一处红枫，位于城西常新路与幸福路交界的地方，较为整齐地排列于路边，树形也是高高大大的；从叶片形状及颜色来看，它们是枫香树。那个地段没有方便停车的地方，同样只能远远看上几眼。

深秋的一天中午下班后，我驾车沿着幸福东路向西行，在临近团结河时发现路边不远处有一片火红，十分震撼人心。"一定是枫林。"我一边琢磨一边赶紧掉头。

拐过弯，沿环湖北路向前，经过一个路口左转，啊！这里有一大片枫林，我仿佛一下子进入了一个彩色的世界，一个令人心情激动、热血沸腾的世界。哦，"停车坐爱枫林晚"原来也可以是"停车坐爱枫林午"。

太美了！太好了！过去怎么就没发现呢？

这是一个小公园，却有一个比较大的名字——"中央湖公园"，可能因为这个湖位于团结河的中央位置吧。

从环湖北路拐弯进来，首先是一个运动广场，广场两侧布满运动器材，充分体现了"人民至上"的理念，公园不只是用来看的。

广场南侧是一片银杏林，看得出这些银杏树移栽时间不算很长，虽高大却不够茂密，无法与城西银杏湖公园及裕华晋丰村两处成百上千棵

60 余年树龄的银杏树相比。

这里的主角非红枫莫属，弯弯曲曲的游步道绵延在整个中央湖公园，其两侧几乎都是枫树。

一到深秋，黄色的、橙色的、红色的、紫色的……色彩斑斓，阵阵风儿吹过，片片枫叶飘落，发出窸窸窣窣、轻轻柔柔的声响，迷人又醉人。

本身就特别醒目的红色橡胶跑道，枫叶落在上面，好比锦上添花，共同绘就一幅精美的图画。

有些路段上点缀着黄叶，金黄叶片黄灿灿；有些路段上铺满了红叶，红成一片红满天。枫树，成了跑道的"化妆师"。

无论落叶是多是少、是密是疏，或者多多少少、疏密相间，甚至慵懒随性、杂乱无章，"浓妆淡抹总相宜""从从容容才是真"。

离小径远一点及靠近河坡的，落叶则堆积成厚厚的一层，脚踩上去感觉轻飘飘、软绵绵的。

仔细分辨了一下，这儿的枫树大部分是枫香树。但那场面、那阵势一点儿不输美国红枫，当它们卫兵似的齐整整排列于道路两侧时，英姿飒爽，美丽超凡。

小时候看过一部电影，片名就很好听，叫《等到满山红叶时》。影片不仅讲述了一个发生在三峡的异姓兄妹悲欢离合的故事，更有满山红叶的唯美风光，还有一首令人难忘的插曲《满山红叶似彩霞》，真是人美、情美、景美、歌也美。

那时，作为苏北大平原上长大的孩子，当我在影片中看到大江大河及满山红叶、听到那欢快优美的旋律时，惊讶、喜爱与神往等各种情绪涌上心头，心潮澎湃，激动不已。

上大学时，学校离南京栖霞山较近，我当然去看过栖霞红叶。前些年全家人到北京旅游，也有机会去香山看了香山红叶。

大丰中央湖公园的枫林，面积仍算比较小的，这里的红叶当然无法跟香山、栖霞、三峡等地的红叶相提并论，更没有什么名气。但于我而言，它们近在眼前，似邻居，似好友，只要想看就可以看见。从深秋到初冬，从枫叶渐红到火红一片，就这样零距离一遍遍地感受"霜叶红于二月花""化作春泥更护花"的意境。

四

气温不断下降，真正的冬天来临了。

幸而，我没有辜负这个秋天。无论是上面介绍到的二卯酉河风光带、中央湖公园，还是过去曾经多次描绘过的银杏湖公园，那些属于这个季节的美景已经留在了我的手机相册中，更留在了我的心里。

逗你玩儿

　　行政中心大院东南角有一小片竹林，规模确实不算大，长三四十米，宽度应该在十米左右。

　　遇上晚上开会或者加班，在食堂吃好饭之后，伍小伟喜欢到竹林边看看，站那儿待上一会儿，静静听鸟儿欢唱。

　　站在那儿的时候，伍小伟感觉心情特别放松。短暂的时间里，完全放空自己，看小鸟在天空飞翔、在枝头跳来跳去；听不同鸟儿的欢唱，有的声音很尖细，有的声音比较粗壮。

　　每当此时，伍小伟总会想起小时候老家屋后的那片竹林，想起跟堂兄弟们一起在竹林里玩耍、游戏的快乐时光。那时候他们真够调皮的：用弹弓打小鸟，虽然很少能打落，但常常将它们打伤了；在竹林边放鞭炮，"噼噼啪啪"的鞭炮声，吓得鸟儿四处逃散。

　　前些天连续阴雨，不方便出行。今天虽然气温较低，感觉有点儿寒冷，但天气晴好。

　　下班的时候，伍小伟特地到竹林边看了看，哦，好多鸟啊！它们"叽叽喳喳"叫唤着，整个竹林好不热闹！

　　天还没黑，鸟儿都栖息在竹林边的杨树和水杉树上。

伍小伟估算了一下，应该有 600 只左右。怎么算出来的？"抽样统计"啊，先数一棵树上的鸟儿，然后再数栖息着鸟儿的共有多少棵树。

伍小伟想逗逗鸟儿。站到树下用力跺了几下脚，它们应声飞了起来。

鸟儿也不飞远，就在竹林上面调皮地转圈。可能因为看到伍小伟站在树下不走，它们靠近树顶却不落下，接着飞上几圈；见伍小伟还不走，它们就不想再飞了，纷纷落到了树上。

停到树梢之后，它们都在欢乐地叫唤着，完全忽视了伍小伟的存在。

伍小伟仔细观察了一阵，更静静地听了一番。

它们之中大部分是麻雀。麻雀多到什么程度？可以用"密密麻麻"来形容，它们聚在一起发出尖细的"叽叽叽叽"声。

有种纯黑的鸟儿，体型中等，叫声比较粗。近两年几乎随处可见。它们最爱吃路边香樟、高杆女贞等树结的果子，然后一点儿不害臊地拉下粪便，给停在树下的汽车"涂鸦"。

有少数喜鹊在叫"喳喳"，叫上几声后，飞起来换个地方，仿佛在指挥整个鸟群"大合唱"，完全是"鹤立鸡群"的感觉。喜鹊的声音伍小伟是很熟悉的，小时候在农村听多了，那时候人们一听到喜鹊叫，就会说"家里要来客人啦"。

见那么多鸟儿待在树上叽叽喳喳叫个不停，伍小伟又用力跺了几下脚，"呼"的一声，它们又应声飞了起来。

小鸟小鸟，知不知道伍小伟在逗你们玩儿？你们飞来飞去、飞来飞去，是否也在逗伍小伟玩呢？

海门腊八粥

今天是腊八。

"小孩小孩你别馋，过了腊八就是年！"

年，离我们越来越近了。

中午老婆说："这几天大家仍在同疫情作斗争，比较辛苦。下午我再去看看妈妈，晚上就不做腊八粥了。"

"好的，不要再添麻烦了。"我赞同。

下午倒是想点个外卖，腊八粥加春卷之类，因为我在微信朋友圈中看到一家"私家小厨"做的腊八粥和面点，看上去感觉好极了。

但下午时间比较紧，得空时已经五点多，估计下单也没人肯送了。还是算了吧。

下班从城东开车回到家，见老婆正在烧饭。

"你吃饭还是吃腊八粥？"老婆头也没抬。

"不是没做腊八粥吗？"我凝神定气用鼻子嗅，嗅来嗅去嗅不到腊八粥的味道啊。

走进厨房，看到橱柜台面上摆着一个大的方便盒，里面是菜粥一样的东西。

"这是腊八粥啊？"我有点好奇。

"是啊，这是海门腊八粥，咸味的。不像本场人的腊八粥是甜味的。我大嫂做的。你现在吃吗？"老婆朝我看了看。

"当然吃啊，今天腊八嘛！这海门腊八粥，似菜又似菜泡饭，还有这么大块的瘦肉在里面，肯定好吃！"一边说，我一边拿了碗和调羹来分。

"你多分点儿，我有几口就够了。海门口味，我过去吃多了。"老婆是海门人，在我这个"本场人"面前风格高。

我迫不及待地大口吃了起来。"嗯，原来这是'五宝粥'，里面有芋艿、花生、野菜、瘦肉和皮蛋。果然是咸味的，好鲜哪！一点不腻人，好吃。"

我不是只顾说奉承的话，头一次吃就留下了极其深刻的印象，它完全是一种菜的味道，又像在菜里泡上饭的感觉，类似于常常吃到的"老母鸡泡烧饼"。

感谢张謇先生！不仅带领启东、海门人来这儿垦荒植棉，让盐城从"盐海"变"棉海"，还邀请荷兰水利专家特莱克来做水利规划，成就了今天的火爆景区荷兰花海，家乡从"棉海"又成了"花海"。就连这海门口味的腊八粥，也与我们当地甜味的完全不同，叫我怎么也吃不够、吃不厌！

不同区域、不同特色的文化相互碰撞、相互交流与融合，不仅可以繁荣地方文化、促进地区发展，就连饮食，也增加了很多新的吃法与口味。

快哉！快哉！

让我再看你一眼

大年初二，一大家子在岳母那儿团圆。吃完午饭后，有人提议一起去看看老房子。

岳父去世后不久，岳母便不再一个人住在老房子那里，房子已空了一段时间。

到那儿之后，房前屋后，里里外外，我们看了又看。

东侧小河边的刺槐、桑树和苦楝等，虽然眼下不见茂密的树叶，也不见绿色，但挺拔的树干和饱满的枝条，依然充满生机与活力。

长长的老房子，青瓦、白墙、木窗，有些斑驳，有的地方被藓苔覆盖了，看上去很有年代感，令人回忆起曾经的时光。

最东边的房间，以前一直是岳父岳母住的，大床、踏板、马桶……都完好无损地摆放着。他们的七个儿女都是在这儿出生的，这里曾是他们快乐的天堂。

厨房里的石磨、土灶、碗柜、水缸，以及挂在木钩上的竹篮，让我们仿佛一下子回到了过去，空气中似乎弥漫着饭菜的香味，还有端午节的粽叶香、中秋节的月饼香以及过年时的年糕香等。

一切清晰如昨，一切从未走远。

我不由想起了自己小时候的快乐时光——

站在槐树下，深呼吸，让槐花的清香浸润心肺；将竹匾放在树下，用长长的竹竿敲打挂满桑葚的枝条，等着享用甘甜的野果；爬上苦楝树摘下楝果，用作弹弓"子弹"来打栖息在篱笆上的麻雀；踩着兄弟的肩膀在屋檐下掏鸟窝，"不好！"好像有四脚蛇钻在里面；爬上大床翻跟头，一不小心掉落在踏板上，疼得直咧嘴还装作若无其事；夜里睡意蒙眬地起床，坐在马桶上轻松方便……

虽然我没在这儿长大，启（东）海（门）人的房子跟大丰本场人的也有明显区别，但这里的多数老物件却与我老家的一模一样，它们，就是陪伴我长大的"伙伴"。

当我们的脚步移至堂屋时，看到墙上有两个相框还挂在那儿，里面的照片已经有些模糊了。

仔细看，有两张好珍贵啊，那是岳父岳母年轻时候的照片。一张是岳父的单人照，年轻的岳父梳着三七小分头，面带微笑，眉清目秀。另一张是岳父岳母和一个孩子的合影，岳父坐着，手中抱着孩子，岳母站着，个子较高，身穿中式花布夹袄，面庞圆润，五官端正，头发乌黑浓密，看上去很像我们小时候看过的一部歌剧电影《洪湖赤卫队》的女主角。

推算了一下，那时候岳父岳母还不足 30 岁呢。

赶紧找张凳子垫脚，用双手将相框取下来，然后小心翼翼地取出一张张照片。待上班后去照相馆扫描冲印，封塑后珍藏起来。

"有一把伞撑了很久，雨停了也不肯收；有一束花闻了很久，枯萎了也不肯丢。"老屋就和父母一样，不仅曾为我们遮风挡雨，还曾带给我们无穷的快乐。

随着乡村振兴战略的全面推进，随着新型农村社区建设力度不断加大，这种单门独户的老房子原则上将不再保留。

不久，这几间老房子将要被拆除。

轻轻说声"再见"，让我再看你一眼！

过去的日子不能忘

我的父母共生养了五个孩子。

头一个是个男孩，可惜在很小的时候就夭折了。这个小哥哥曾经留下过一张与父母的合影，印象中是抱在父亲手上的。

我们小时候常常从母亲的小梳妆盒抽屉里取出这张照片来看。其实也看不出什么，不大的黑白照片，又是仅仅几个月大的孩子，可以想象。

没在意从什么时候起就看不到这张照片了，应该是拿来拿去给弄丢了。丢了就丢了吧，人不能活在过去。

听父母讲过，其实我那流星一般的小哥哥当时只是受了凉、拉肚子，没得到及时治疗，结果就失去了他。

也许因为孩子太小，也许后来拉扯我们姐弟四个的辛苦与劳累填补、挤压了曾经的那个空间，父母讲这事的时候并没有表现得多么难过，也没有太多感叹。

那个年代，谁家夭折了孩子，是经常发生的事情。

听说最伤心的是我奶奶，那是她的长孙，据说奶奶重男轻女思想比较严重。

后来，我姐姐出生了。奶奶比较失望，没多久生病去世了。奶奶至死没能见到她的任何一个孙子。当然，她有三个儿子，而且就当时的环境、条件来说，三个儿子都成长得不错。

我从墓碑上读到，奶奶只活了54岁，她是1964年8月23日去世的，这个日期印证了她见过我姐姐却没能见到我哥哥的事实。我姐姐出生在1963年，哥哥出生于1965年。

顺便交代一下，我出生于1967年，弟弟则是1969年。发现什么规律没有？等差数列，我们姐弟四个每个相差两岁。

我没有见过自己的爷爷奶奶，也没有见过外公外婆。好在我父母都健在，年龄分别为88岁、86岁，否则，也许我的内心会产生对于自己寿命的担忧甚至恐惧。

不过，坦率地讲，随着时间的推移、社会的进步，尤其是近几年物质越来越丰富与充裕，我的父母，特别是父亲，反而似乎不再觉得好日子有多么来之不易。

为什么说这话呢？因为我感觉他们对邻居、对村干部甚至对社会更加挑剔了，他们比较容易发脾气，也时常与别人发生争执。

这种心态与状态不仅在一定程度上拉低了自己的幸福指数，也常常会影响我们做子女的心情。

有句俗话叫"凡事听人劝"，尤其年纪大了，跟外界接触少，对周围、对社会、对世界的了解渐渐少了，思想应该更加开放，多听听儿女和别人的解释与劝告，别太固执。

幸福指数怎么计算来着？手里有的，心里想的，知足方能常乐。

我们不妨多想想曾经广为人知的一则"好迪啫喱水"广告，那句广告语真不错："大家好，才是真的好！"

我知道，这样说自己的父母肯定不好，但这是我的心里话，也算是叮嘱自己以后要注意这个问题。构建和谐社会，从我做起。

前些天一位朋友的父亲去世，我们一致劝慰他"节哀顺变"，不要太难过了。

过去说现代化就是"楼上楼下，电灯电话"，看看现在这日子，实在堪称"人间天堂"。

20 世纪 80 年代以前去世的人，他们可能一辈子都过得苦和累，不少人没过上什么宽松日子，甚至没真正享过一天清福。

我们一起来听首歌吧——《听妈妈讲那过去的事情》，愿我们都不要忘记曾经的苦难，倍加珍惜今天的好光景。

"那时候妈妈没有土地，全部生活都在两只手上，汗水流在地主火热的田野里，妈妈却吃着野菜和谷糠。冬天的风雪狼一样嚎叫，妈妈却穿着破烂的单衣裳……"

小黑

"小黑"，是我岳母家一条普通的狗，算起来应该有七八岁了。

大约半个月前，小黑突然整日不吃不喝，躲人，连我岳母也近不了身。它还不肯睡自己的窝，总是远远地躲在外面。

早前岳母邻居家的狗就是在这种状态下死去的，所以我们都特别着急与揪心。

那段时期我在他乡上班，过两天就忍不住打电话给爱人，问问小黑怎么样了，得到的却总是令人沮丧的消息。

就这样，十多天过去了，听岳母说，渐渐难觅小黑的身影。

我们内心感到十分失望和难过，感觉小黑快要离开我们了。

然而，奇迹出现了。岳母告诉我们，小黑重新进入了视线，慢慢走到河边去喝水，逐渐靠近熟人，然后开始少量吃食……

听到的都是好消息！

再后来，小黑又像过去一样，摇着尾巴跟在岳母后面到别人家串门去啦。

五一到了。假期第一天，我和爱人一大早就赶到老人那里，特别急于看到"起死回生"的小黑。

怎么看不见它？小黑去哪儿了？

"小黑""小黑"，随着岳母几声呼唤，一个黑影从门前菜地里窜了出来。

啊！正是小黑，还和过去一样，身材瘦瘦长长，毛色油黑发亮，行动灵活敏捷，真看不出有什么变化。

"来，来，小黑，小黑！"我蹲下身子，喊着它的名字，用手轻轻抚摸小黑的头和背。它很乖巧地朝我看看，一点儿不显陌生，尾巴不停地摇摆着……

在我的记忆里，这是我第一次这么用心地亲近一条狗。

岳父在世的时候，小黑陪过他三年。岳父去世后，小黑一直陪在岳母身边。

果子和炒米

在我小的时候，家里有一对坛子，农村习惯称之为"炒米罐子"，是用于储存东西，主要是储存食品的圆形坛子。

这对坛子很漂亮，浑圆、光滑，那种泥土般的黄色很具厚重感，而四周环绕的龙凤图案，又让它们戴上了类似于文物的光环。

平时我们总喜欢用手摸摸它们，有时还偷偷地、轻轻地坐在上面。

到了过年的时候，这对坛子用于存放当时几乎家家都会准备但也非常有诱惑力的年货——果子和炒米。

现在想来，果子和炒米，犹如咖啡与伴侣：一个为主、一个为辅，一个管饱、一个管好；一个"唱"、一个"和"，一个"浓妆"、一个"素颜"……

果子，农村里也叫"糖果子"，超市里正规的商品名称是"京果"。咬上去脆崩崩，吃起来甜津津的。

炒米，就是爆米花，但不是用玉米爆出的那种，是用糯米爆出的。味道特别香，那是一种深藏在心底的香味，是浓浓年味的一部分。

果子是到附近的小商店去买的。过年时离我家很近的一家小商店会批发回来很多果子，用一只特别大的大缸装着，缸上盖着木头盖子。

店主姓卞，明明和我父亲年龄相仿，我们却跟大人一样叫他"小卞"。因我母亲姓卞，我们私下称他为"卞大舅子"。这种叫法显然也不对，起码应该称他为"卞大舅舅"。

炒米是利用走村串户的爆米花人来附近做生意时爆的。

爆米花的过程有趣而富刺激性——

取些糯米或者到隔壁姊姊家借些糯米，用工具装上，赶到人们已经扎堆的那儿排班。

爆米花炉子的转筒均匀地转动着，是用手摇的；火苗不停跳跃，风箱被拉得"呼呼"作响。

我们有时会挤上前去，总想试着拉几下风箱。遇上脾气好的爆米花人，会给我们他几下、你几下分别拉拉；脾气不好的根本不给任何人机会——"去去去，这可不是给你们玩的"。

给炉子加煤炭或者柴火时，烟灰纷飞，呛得人咳嗽起来。女孩子纷纷往边上躲，男孩子一般只是将头稍稍歪向一边。爆米花人却一点儿不买账，神闲气定地摇啊摇，连眼睛都不眨一下。

爆米花的机器上有计时的钟表。时间到了，爆米花人将炉子竖起来，拿出套管套在炉子的"耳朵"上……

胆子小的赶紧用手捂住耳朵，或者转过身去甚至跑远点儿；胆子大的则眼睛一眨不眨地盯着，咬牙静候那一声弹药爆炸似的巨响。

炒米的小主人有时会勇敢地抓着长龙似的口袋的袋尾，等着享受突然间炒米装满一口袋的快乐。他们是真正的小男子汉。

随着"听响啦"一声喊，爆米花人一脚用力蹬下去，"嗵"一声巨响，白色烟雾缭绕、升腾……长长的口袋瞬间变魔术似的鼓胀起来。

"别急，稍微晾上一会儿。"爆米花人会接着叮嘱一句。

一会儿之后，小主人便可用自家的塑料袋或蛇皮袋将炒米装运回家。

大方的孩子往往从袋子里抓上几把炒米，分给尚在排队等候的熟悉的小朋友们。

果子买回来，炒米爆好了运回来，父亲会将它们装进那对坛子里，严实地盖上盖子。

过年了，来了客人，不在吃饭时间，就先泡上一大碗果子炒米茶。

果子需先泡上一会儿，再加入炒米。炒米就像雪花一样，进水便融化了似的，但香气却浸透在果子和茶水里，继而弥漫在屋子的每一个角落。

要是再客气些，或者遇上老长辈特别是舅嗲嗲等，会在果子炒米茶里加入白砂糖或红糖，甜上加甜。

什么？糖分太高？哈哈，担心纯属多余。那个年代，只有营养不够，不存在营养过剩问题，人们几乎没有高血压、糖尿病之类的"富贵病"。

而我们，常常用手直接从坛子里抓上一把，慢慢吃。果子差不多就那样嚼着吃，也有时候含在嘴里等它慢慢软化、融化之后再咽下去。干吃炒米，一不小心就被呛着了，也有时候炒米会被吸进鼻孔里。

果子的另一个用场是拜年，就是给亲戚们拜年时用作礼物。

父亲将报纸或牛皮纸在桌上摊开，称上一斤左右果子，轻轻倒在纸上，极其规则地包好，再扎上麻线或鞋绳。有时还用一小片长方形的红纸插在麻线和报纸之间，满满的仪式感，显得十分喜庆。

年轻的父亲颇为讲究，果子包好后，还要慢慢将纸袋四周抹平整，将边边角角捏出整齐的棱角来。最后，一袋果子在我眼里俨然就是一件工艺品。

果子是拜年礼物中当然的主角，另外配上云片糕、白砂糖之类。

当然，无论长辈还是平辈，礼物一般不会全部收下，亲戚们懂得还礼。

正月十五过了，果子、炒米也给吃得差不多了。但我家那对坛子上的年味，却似乎永远不会消失。

只是因为在人群中多看了你一眼

早晨开车去上班时，一眼瞥见路边菜摊上的癞葡萄，那是我小时候喜欢吃，也喜欢捧在手上把玩的东西。

很想立即下车挑个头大的买上几只，可后面的车跟得紧，我不便停下来，最终只得作罢。

然而，借用一句歌词来表达我的感受："只是因为在人群中多看了你一眼，再也没能忘掉你容颜！"

癞葡萄，和槐花、馒头花以及炒米、麻切等一样，早已烙印在我心里了。

下午下班后，回到小区，停好车，走到那个菜摊边，却没看到我想要的癞葡萄。

"师傅，癞葡萄还有吗？我早晨见到的。"我仍不死心。

"早晨看到的现在还想要？看样子你小时候一定吃过。仅剩两只小的，而且被太阳晒得有点干了。已经收起来了，本想带回家自己吃的。"他边说边从一只蛇皮袋里掏出来。

"多少钱？"再小，也倍感亲切，本来就不仅是为了吃。

"两只，你给五块钱吧。便宜卖给你。"对方似乎读懂了我的表情，边说边把癞葡萄递给我。

"好吧，我喜欢。要了。"天都快黑了，还能有两只等着我，已经够幸运的了。

今天适逢二十四节气中的处暑。古籍《月令七十二候集解》解释"处暑"时说："处，止也，暑气至此而止。"此时伏天已过或接近尾声，炎热日消，天气渐凉。

寒暑相推，而成岁月。

大自然不可打破的规律告诉我们，时光虽然美好，但它却从来不曾停留。

可不是，光阴似箭，日月如梭。当我年过半百以后，吃水果常常也多了一些滋味。

比如这癞葡萄，红红的籽儿除了甜味，还有一种特别的味道——岁月的滋味。

暖到人心只此花

一

我的家乡盐城，古代以盛产"淮盐"而享誉华夏，以"环城皆盐场"而得名。唐时，盐城所在的苏北淮南盐场"甲东南之富，边饷半出于兹"。南宋后，黄河夺淮经苏北境内入海，大量泥沙淤积，引起海势东迁，产盐场灶逐渐减少。到清末，整个淮南盐产衰落，灶民纷纷舍盐改垦。

中国近代史上大名鼎鼎的实业家张謇看中了盐城沿海广袤的滩涂和这里勤劳的人民，带领众多启东、海门等地移民和当地"本场人"一起大力兴办实业，收并亭场草荡，实施"废灶兴垦"，掀起一股兴垦植棉的热潮。同时，大规模兴修水利，开河筑堤、改良土壤，取得了惊人的成绩。可以说，张謇的废灶植棉措施，开辟了盐城棉花种植的历史。我生长的地方"大丰"，地名便是源于1918年张謇在草堰场创办的大丰盐垦股份有限公司。

新中国成立后，盐城的棉花种植，无论土地面积还是皮棉产量都逐年上升。到了 90 年代，正常年景全市植棉面积 380 万亩左右，年入库皮棉 500 万担，占全省 60%，拥有东台、射阳、大丰等百万担产棉县（市），成为全国地级市中植棉第一大市。

每到棉铃成熟吐絮，田野里成千上万亩连片的棉花好似地里长出来的朵朵白云，在青枝绿叶衬托下，十分醒目，美丽动人。蓝天上飘着的片片白云又好像一座座棉花垛，不停变幻着模样，神奇莫测，令人心旷神怡。朝更远处看去，大地、棉花，蓝天、白云，无边无际，天地相连，融为一体，蔚为壮观！

到了深秋，棉花枝叶逐渐枯萎、脱落，棉田里白茫茫一片，恰似浩瀚无垠的棉花海！

二

你认识棉花、了解棉花吗？

"昨日绿叶绽红花，今日蜜桃枝头挂。桃子一熟不见了，树上结满白雪花。"是不是有很强的画面感？棉花枝叶青翠，花开之后，花瓣颜色由浅变深，最后成为耀眼的红花；而当棉桃成熟绽开时，吐出洁白的棉絮，又似雪花一样。

再看，"叫花不是花，开得白花花。用手摘下来，朵朵能纺纱"。这个特别通俗易懂、简单明了。

棉花，是锦葵科棉属植物的种籽纤维，原产地为印度和阿拉伯。有关传入中国的记载是这么说的："宋元之间始传种于中国，关陕闽广首获其利，盖此物出外夷，闽广通海舶，关陕通西域故也。"

棉花的生长期为 4 至 6 个月，分为五个阶段，分别是播种出苗期、苗期、蕾期、花铃期和吐絮收获期。

开花时，花朵呈乳白色，后来逐渐变色。花的形状比较像木芙蓉，巧了！木芙蓉有"善变女神"称号，棉花也是如此。

当花瓣凋谢，留下绿色小型的蒴果就是棉铃，棉铃内藏有棉籽，茸毛从棉籽表皮长出，直到塞满棉铃内部；棉铃成熟时裂开，露出白色棉絮即棉花纤维。

由此可知，我们平常所称的棉花已经不是花，而是花凋谢后的果实：棉铃里保护种子的絮状纤维。

棉花收获后，带着棉籽的籽棉被送入轧棉机进行棉籽和棉花的分离，成为皮棉。皮棉经过粗梳和精梳的工序后，被清洁并拉直，然后加捻纺成纱线。

作为农村生、农村长的"60后"，我小时候穿着粗布棉衣棉裤长大，也曾在棉花田里、棉花垛旁走过30多年的人生岁月，尤其在学生时代，不仅寒暑假及星期天正常干农活，上学的日子早晚都常常干农活，因此对于棉花种植、收获与管理过程中的各种农活基本都熟悉，也都会做。棉花就像一位老朋友，早已走进了我的生命里。

"叫花不是花"，其实棉花的一生都像花儿一样美丽。

幼芽出土时，有两片嫩黄色的叶子，然后慢慢变绿，中间逐渐长出新叶，并越长越多。

每棵棉花都有一根主干，主干向四周分出若干枝枝杈杈，分枝上生长着许多较为宽大的鸭掌似的叶子，用"枝繁叶茂"来形容那是最恰当不过的。

到了蕾期，棉株逐渐开花，从此，如魔术师一样，呈现出五彩斑斓的景象。刚开花的时候，花瓣是乳白色的，用不了多长时间，变成了蛋黄色；大约半天之后，则会神奇地变成粉红色或红色；过了一天，红色更加浓艳，简直"红得发紫"。

那么多的花蕾开花时间与节奏肯定是不一致的，在一棵棉花上同时挂着十几乃至几十朵花朵，白色、黄色、红色、粉色、紫色……令人目不暇接，倍感惊奇。

当然，最后花冠会变成灰褐色并从子房上脱落。接下来，子房会慢慢长大，形成棉桃也就是棉铃。

当棉桃成熟开裂之后，就出现了我们经常见到的白色的棉絮，有四瓣的，有五瓣的，蓬松、柔软。从此，棉田里就像亮起了一盏盏小灯泡，又似繁星点点，十分迷人。

棉桃一茬又一茬地成熟、开放，棉农怀着喜悦的心情及时"拾棉花"——也就是采摘棉花。

不经意间，秋意浓了，经霜后的棉叶由绿转黄、由黄变红，和路边的红枫一样迷人；枝头尚未成熟的棉桃也从青绿变成了红褐色，还有一些黑色斑点点缀其上。

全部棉花采摘结束，冬天已经来临。完成使命的棉枝和棉花壳似乎一下子显得十分苍老，在寒风中犹如雕塑一样。

一旦遇上降雪，"千树万树""棉花开"，不仅枝头全白了，棉花壳里也重新"绽放"起一朵朵洁白的"棉花"。这时候，农家孩子喜欢到棉田里玩耍，摇动棉枝，看积雪纷纷飞舞、落下；沿着雪地里兔子留下的脚印追寻，梦想着也能"守株待兔"……

棉花浑身都是宝：棉花纤维可以纺纱织布，可以做成棉被；棉籽可以榨油，被称作棉籽油或棉油，可以食用，也可以在工业上用于生产肥皂、润滑油及农药溶剂等；棉饼则是家禽牲畜的饲料，也可用作肥料；棉花秸秆可以当柴火烧，也可以给藤蔓类植物搭架子、做围栏。

三

在咏花诗歌中，棉花算不上抢眼的花树，但由于它洁白、纯净，可观赏，又是一种经济作物，棉絮纤维可用来纺纱织布、御寒保暖，因此，关于棉花的诗词可谓独具魅力、无可替代，更不会被众多咏花的诗词湮没。

棉花大面积种植是宋末元初，此时诗人们开始留意棉农疾苦。如廼贤《新乡媪》："蓬头赤脚新乡媪，青裙百结村中老。日间炊黍饷夫耕，夜纺棉花到天晓。"

清代，棉花进一步普及，诗词也多了起来。清人慕昌溎《即目》诗云："闲看秋色到山家，几曲清溪绿树遮。惊起一双黄蛱蝶，见人飞入野棉花。"好一幅清新秀丽的乡村秋色图。

到了近现代，随着棉花进入千家万户，出现了不少经典之作。

左河水的《七绝·咏棉花》："不恋虚名列夏花，洁身碧野布云霞。寒来舍子图宏志，飞雪冰冬暖万家。"诗人将棉花人格化、行为化，托物言志。

孙根超的《咏棉花（新韵）》："唯愿纤纤尽纺纱，虚怀若谷暖千家。洁身自好玉颜色，不是名花更胜花。"的确如此，再高的评价都不过分。

再看一首周采泉的《棉花》："吉贝何时入汉家，而今衣被遍天涯。三春万卉红似海，暖到人心只此花。"

不是名花更胜花，暖到人心只此花！

四

有句俗话叫"樱桃好吃树难栽"，棉花也一样，种植的过程用一个字来概括就是"累"，两个字是"费工"，三个字是"真辛苦"。

以中国传统的二十四节气来计算与记录，选种、播种大约从惊蛰开始，到白露、秋分成熟绽放，小寒、大寒时人们仍然在家里剥着摘回来的未曾来得及开放的棉桃，立春之后还得脱下新衣到田里拔棉花秸秆。二十四节气，差不多一一数了过来。

具体一点排排农活，从4月初开始浸种、整田、打营养钵，然后移栽、定苗、锄草、筑垄、施肥、打药、整枝、打顶等，几乎忙个不停，遇上刮风下雨甚至台风过境，还需要一棵棵地扶正棉花。8至9月，棉铃成熟吐絮，开始拾棉花，至少要忙到11月底才结束。

记忆中，棉花的播种经历了三个阶段，相对应有三种不同的种植方式。

最早的是用播种机，然后是用地膜也就是塑料薄膜覆盖播种，最后是用营养钵制钵移栽。

比较有趣的是用播种机，一种很原始的机器，操作时需有人在前面拉着，后面有人扶着。小孩子当然喜欢在前面拉，和船夫拉纤一样，将绳子背在肩头，弓着腰一步步往前走，类似于后来歌曲《纤夫的爱》MTV中男主角的动作。刚刚下地时比较新鲜，力气也足，我们常常拼命使劲，将播种机拉得越"走"越快，这时父母会笑着骂我们调皮捣蛋，并叮嘱"好好拉，匀着用力，不然马上就没力气了"。

棉花营养钵打钵子时跟玩玩具似的，在一堆制作好的营养土旁边，双手用力将制钵器往土堆里插、插、插，直到土装满、压实，最后用脚在中间横梁上用力踩下，"当"的一声将圆柱状的土脱出来。

棉花上的害虫可不少，主要有棉蚜、棉盲蝽、红蜘蛛、棉叶螨、棉蓟马、烟粉虱等，还有"地老虎"、金花虫、棉铃虫和飞蛾之类。除了打农药，后面四种虫子需要手工来捉。

出苗期的"地老虎"是一种灰褐色、样子比较难看的肉虫子，喜欢在清早棉苗鲜嫩时从地下钻出来啃噬棉苗的茎叶，危害性比较大。一般可以根据"地老虎"的粪便、棉苗被啃咬的形状以及附近泥土的状态作判断，然后用竹签或其他工具将它们挖出来。

金花虫也叫"金龟子"，是一种有硬壳、会飞的蓝绿色的虫子，"长相"还比较漂亮，专爱在棉花开花时啃食花蕊。捉在手中时，"金龟子"

总要拼命挣扎，常常弄得人手指或掌心痒痒的。

棉铃刚刚成长起来的时候，里面的嫩棉芯可以吃，味道甜甜的，因此，棉花花铃期的病虫害比较多。棉铃虫在棉桃上钻洞的本领特别大，防治难度高，有时候打上几遍药水依然效果甚微，只能大规模组织人员，包括中小学生下田手工捕捉。

捕捉飞蛾需要通过用槐树叶或柳树叶制作的"诱蛾把"来实施，过程比较辛苦，但当年我曾乐此不疲。早晨四五点钟天刚蒙蒙亮就起床了，草草洗把脸，系上用塑料布做成的简易围裙以遮挡露水，拎上个蛇皮袋赶紧出发。被太阳晒过的槐树叶真香啊，露水将它们浸润了，摸上去绵绵柔柔的。一块一块棉田走过，一把一把"诱蛾把"套过、抖过，还需不时轻轻拍打蛇皮袋，防止飞蛾飞出来。几块地跑下来，裤子往往全湿透了，干脆解下塑料围裙或者下次不再系它。

捉虫子的年代，土地还没有联产承包，捉住金花虫、棉铃虫及飞蛾后，大家集中到生产队的打谷场或者养猪场的粪坑旁去数个数，并以个数计算工分。一种一种，一只（条）一只（条），一堆一堆，用小木棒拨着点数，人人都数得那么认真、那么专注。个别人故意用黄豆叶上面一种被叫作"量尺"的虫子或其他虫子冒充棉铃虫，也有人将一条虫子掐成两半，所有小动作均逃不过现场负责人的火眼金睛。数完后，直接用工具装了，倒进旁边的粪坑。

从生产队打谷场回家后，我们并不忙着吃早饭，先脱下湿衣服，直接跳进屋旁小河里游泳，顺便将身上冲洗一下。

棉花生长过程中，锄草、施肥、打农药几乎轮换着忙。除了三大项，另有几种专属于棉花的个性化农活：打顶、整枝、扶棉株、采摘棉花，以及最后拔棉花秸秆。

打顶，是一项比较轻松甚至带点浪漫色彩的农活。棉花苗长到一定高度后，需要控制其高度，否则会光长苗不结桃，打顶就是将主头掐掉。

拾棉花，特别是采摘一年一季刚刚吐絮成熟的棉花，也是件令人赏心悦目的事情。此时的棉花纯净、洁白，又松又柔，采摘时将几只指头聚拢，轻轻一捏一拉，整个棉花就摘了出来。此刻的棉花散发着一股特别的清香，这种香是由棉花纤维、日月光华、棉农汗水等共同造就的，着实沁人心脾、令人陶醉。

最辛苦的活当数扶倒伏的棉花。盐城地处黄海之滨，夏天经常受台风影响，狂风暴雨之后棉花纷纷倒伏，依靠其自身生长难以恢复正常。于是，手拿小铁锹，在齐腰深甚至没过头顶的棉花地里扶棉花就无可避免。人要蹲下来，一棵一棵扶正，一锹一锹铲土，一脚一脚踩实，高温酷暑，闷热难耐，扶着扶着，浑身湿透了。时间长了连脚上的球鞋也湿透了，我们干脆脱了鞋光着脚干。几天过后，脚掌和脚指头奇痒无比，怎么挠也无济于事。父母告诉我们，是染上了地里隐藏着的粪毒。

冬日拔棉花秸秆，除了特别粗的拔不出来，其他并无什么难处，令人记忆深刻的是过年之后才一两天就得脱下新衣服、穿上旧衣服甚至破衣服到田里去拔棉花秸秆。那年月，无论大人、小孩，只有过年才能穿上新衣服啊！

五

虽然种植棉花十分费时费工，棉农非常辛苦，但较长一段时间，跟种植粮食和其他经济作物相比，其经济效益还是比较高的。

各级党委政府重视宣传、组织与引导，广大农技工作者精心摸索、指导，特别是随着家庭联产承包责任制的推行，农民生产积极性大大提高，盐城几乎家家种植棉花，田野里到处可见棉花。

实业家张謇曾在此创办过盐城最大盐垦公司的大丰，到20世纪90年代，棉花种植面积已增加到60多万亩，射阳县种植面积更大，在80

万亩左右。整个盐城达到了 300 万亩以上，种植面积和产量都占据了全省的"半壁江山"，成为全国重要的棉花生产基地。

同时，棉花种植管理技术也有了重大进步，在注重推广优良品种的同时，种植从散播、穴点向营养钵育苗移栽、培育优质健壮株型的先进植棉技术方向转变。

棉花市场没有放开前，由供销社、棉麻公司统购包销。听曾担任过大丰供销社所属棉花购销站站长的朱明贵介绍，每到棉花交售忙季，放眼乡野田畴，地里开的、场上晒的、船上运的、车上装的、肩上挑的……到处是雪白如银的棉花，一批又一批云集收棉站，站前广场上售棉排出的长队有时蜿蜒二三百米。

在盐城各个县（市、区）中，东台、射阳和大丰的棉花种植更加领先一步，使之共同成为名列全国前茅的产棉大县。在国家粮棉生产产业政策的引导下，几个产棉大县都将"棉花生产百万担"作为目标并为之努力奋斗。

东台县委发出响亮号召："站在黄海边，植好爱国棉。一人挑一担，确保百万担。"并在盐城率先实现"棉花生产百万担"目标。当时，全县棉花亩产超双纲的生产队长和先进单位代表，分乘 29 辆大客车光荣地赶赴南京出席省委省政府召开的庆功大会，风光无限，好不热闹。

后来，射阳县也如愿以偿，受到了国务院、省政府的表彰奖励，几年后产量更增长到 207 万担，成为全国棉花生产状元县。

此刻的盐城大地，就像那首好听的《丰收歌》里唱的："棉田一片白茫茫，丰收的喜讯到处传，社员人人心欢畅！"

1996 年 11 月 26 日，大丰皮棉收购总量突破 75 万担，实现了人均向国家交售一担皮棉的目标。第二天，《人民日报》《新华日报》和江苏人民广播电台等发布消息，把这一喜讯传遍全国。各级领导深入大丰棉区视察指导，对大丰高度重视发展棉花生产，并形成产业带动地方经济增长的成就表示肯定和赞赏。

仅过了一年，1997年11月5日，大丰皮棉收购总量达到100.168万担，"棉花生产百万担"目标实现了！喜讯传来，负责棉花收购的供销系统数百名干部职工在棉麻公司欢聚一堂，排着整齐的队伍，举着大红喜报牌，前往大丰市委市政府（当时大丰已撤县设市）报喜。一路上彩旗猎猎、锣鼓声声，城关镇大中镇还派出了舞狮舞龙队前来助威，人们个个无比激动、喜笑颜开。当天，喜讯通过农村高音喇叭传遍大丰的每个角落，干部群众欢欣鼓舞、奔走相告，整个大丰成了一片欢乐的海洋。

为庆祝和纪念这一盛事，大丰市委市政府还特地制作了一座"丰收时节"雕像：一位健康美丽的乡村姑娘手托一朵饱满、洁白的棉花，深情眺望远方，脸上洋溢着丰收的喜悦，腰间系着的白色围兜里面装满刚刚采摘的棉花，脚边还簇拥着一株株长势旺盛的棉花。这位姑娘被大丰人民亲切地叫作"棉花姑娘"。

那些年，棉花种植收入占盐城种植业总收入的一半，农民人均来自植棉的收入达1300余元，三分之一以上的农户收入超万元，盐阜老区因此一步步摆脱贫穷。

各大媒体对盐城及几个重点县区的棉农、棉事都有过报道，国家棉麻局、江苏省人民政府和众多产棉区也曾纷纷发来贺电贺信表示庆贺。

六

事物有兴衰，市场有起落。自20世纪末国家先试点后全面放开棉花市场起，盐城也与其他内陆棉区一样，踏上了市场调节之路，产销经营在市场经济的大潮中摔打洗牌。

国际市场棉花冲击，棉花收购价格不及棉农的期望值，当地棉花生产方式渐显落后，特殊灾害天气影响棉花产量，农村劳动力成本普遍升高……多方面因素造成棉花投入产出矛盾加剧，影响了棉农种棉积极性，导致种棉面积急剧缩减。

数据显示，仅"十二五"期间，盐城种棉面积就缩减了四分之三以上，此后每年又以一半左右的比例不断减少。

七

国家"十三五"规划对全国棉区布局作出调整，将原来西北内陆棉区、黄河流域棉区、长江流域棉区三大棉区，调整为新疆棉区、沿江沿海沿黄盐碱滩涂棉区两大棉区。

根据国家发展规划，盐城及时调整了思路，把优质棉田从内地向沿海转移，建设盐碱地植棉基地，利用棉花改良盐碱地。近年来，与中棉所、江苏农科院、南京农业大学等持续合作，在沿海滩涂盐碱地探索推行"轻简栽培、高效植棉"生产新方式，从根本上提高了沿海棉花的市场竞争力。

大丰稻麦原种场培植示范棉田是国家棉花产业技术体系研发项目，据介绍，这里棉花已实现播种、植保、采收等全程机械化，在品种选择、精量播种、化控调节等方面的研究也取得了重要成果。每亩总用工仅为传统棉花种植的三分之一，使用化肥、农药仅为传统棉花种植的一半。

中国工程院喻树迅院士表示，长江流域沿海棉区要像大丰稻麦棉原种场这样，利用沿海滩涂待开发面积多、拓展棉花生产新式栽培空间大的机遇，在技术攻关上推进标准化、规范化。

如今的盐城，曾经满眼的一片片棉花海已消失不见，但随着时代的发展，盐城着力打造东部沿海大粮仓，设施农（渔）业面积位列全省第一，已成为长三角地区农业经济总量唯一超千亿元的城市。同时，注重统筹抓好农产品有效供给，对国家粮食安全、稳产保供所做的贡献也更大了。

八

实现了全面小康，人民群众的物质生活条件越来越好了，穿衣有了很多新的面料，但全棉仍然是我最喜欢的。

人们睡觉早已用上了蚕丝、羽绒等材料生产的被子，可是我家衣柜中始终收藏着几床棉被，冬天还经常拿出来使用，那是父母带着我们用自家种植、采摘的棉花加工做成的，它们曾经陪伴我外出读书、结婚生子，是真正的"温暖牌"。

暖到人心只此花！棉花那种独特的清香永远萦绕在鼻尖，那一片片白茫茫的棉花海永远荡漾在心中！

亲爱的
人啊 _____

"油菜花"，有才华，有财花……
当鲜花遇上酸奶瓶，亲爱的人啊，
我踩着不变的步伐是为了配合你
到来……

"油菜花"群

一

伍小伟从镇财政所去县局开会，因为时间比较紧张，就喊了镇上一辆小面包车。

这辆车，所里有事经常用到，大家跟司机老林就比较熟了。

"小伟所长，你是去年秋天结的婚吧？"老林侧过头来问。

"是啊，去年秋天。"爱在深秋"嘛！"伍小伟笑了笑。

"孩子生了吗？"老林又侧过头来。

"说话时你可别侧头侧脑，注意安全！孩子……生啦。"伍小伟笑出声来。

"好的，我注意安全。听你这笑声，小日子一定过得很开心。孩子叫什么名字啊？"这回老林目不斜视。

伍小伟朝车窗外看了看，满眼的油菜花开得金黄，蝴蝶在快乐地飞舞，蜜蜂在忙碌地采蜜，阵阵清香透过车窗缝隙漫溢进来。

"是个女孩，叫菜花，油菜花！"伍小伟又笑出声来。

"真的？"老林忍不住又侧过头来，眼睛也睁得滚圆。

"是真的，油菜花朴素自然、美丽大方。你看，眼下咱们整个乡村就是一个大花园，油菜花园。多美啊！"伍小伟看着窗外，动情地说。

"可是，可是……小伟所长，说实话，这名字听上去有点土。"老林小声地说。

"不土！放心，是小名。"伍小伟目光仍然注视着窗外。

"从去年深秋到现在，有 10 个月吗？"老林掩饰不住一脸的坏笑。

"你是在封建社会长大的吗？实话告诉你吧，孩子还没出生呢。估计在夏末秋初出生。"伍小伟收回目光，看着老林。

"哦，小伟所长你真逗！"老林大声笑了起来。

油菜花，伍小伟最熟悉不过的花。

每到四五月份，田野里、沟渠旁、家前屋后，到处都是油菜花，说整个乡村"成了一片金色的海洋"一点儿不夸张。

二

"我们建个小群吧？"

"好的！"

"我赞同！"

"太棒了！现在就建起来。"

……

一次聚会之后，有人建议建个群。这是一帮文友，一群喜欢写作、诵读的人们。

一呼百应，立马建了起来。

"小伟哥你当群主。"有人建议。

"不，还是芬姐当群主好，大姐大，有成就、有威望，是当然的群主。"伍小伟推辞道。

芬姐是省作协会员，出版过两本书：《笛鸣悠悠》《天边飘过温暖的云》。特别是写过一首歌词《百里槐花香》，与著名军旅作曲家印青合作，经大家十分熟悉的歌手张也演唱后，歌声飘向大江南北、长城内外。

"就请小伟弟当群主吧。群主又不是什么干部，是要为大家服务的，是吧？你领个头，我们一起做事。"芬姐开了口，说得坦诚又在理。

"我赞同！"

"我也觉得这样合适。"

有人跟着起哄。

就这样，群建了起来，伍小伟成了群主。

"我们给群起个名吧。"几天之后，伍小伟在群里建议，"我们群里群英荟萃，谁给起都成。"

"芬姐给定个名。"大事小事离不了芬姐，这是共识。

"阿倩，你开口啊！"有人发言。阿倩是中国作协会员，又是书法家，《淡墨清音》《去哪里，都在风的方向里》《过程便是奖赏》等文集都曾很火，"畅销书作家"的称号名副其实。

"荃姐给取个名吧，错不了！"又有人建议。荃姐，省作协会员，出版了七本书，包括小小说、寓言、长篇小说等。还有什么她不能的吗？

"阿岚想象力丰富，有灵气，群名的事儿可以交给阿岚。"阿岚同样是省作协会员，上的学可能没群里其他人多，但挺有写作天赋，而且进步很快，有目共睹。

"阿圣最行的，他是《人民作家》总编，又是作家，被邀请到全国各地做讲座，起个群名，还不是小菜一碟？"阿圣是公安干警，也是一家文学平台的创始人。

"可别把阿红忘了，她的文章画面感那么强，起个名字一定形象浪漫，令人流连忘返。"阿红是医务工作者，写的散文很受读者欢迎。且看，她出版的文集《十座花园一座城》，书名听上去犹如童话一般美丽。

"还有阿春呢。人家古体诗写得那么好，是中字头诗词学会会员，信手拈来皆是好文字啊！"帅哥阿春，性格好，人和善，擅长写古体诗，经常给群里美女题诗。不看他的题诗，我都不知道"女史"指的是爱读书的女子。

大家七嘴八舌，热情高涨，气氛浓烈。

"群名还是交给'书公子'阿漫给起吧，她准行！"芬姐开了口。

阿漫是语文老师，博览群书，特别是对于中国古典文学颇有研究。书评也写得一级棒，一不小心她的名字就上了《江苏作家》。

"小师妹'栀子'文章写得比我多，阅读量也超高，起名的事还是交给她吧。"阿漫回应。

"栀子"是省散文协会会员，正高级职称的语文老师，省教学名师，文章在文学公众号的阅读量常常过万，高的更达"6万+"。

"真是众说纷纭、众口难调。不再讨论了，还是请'书公子'阿漫起个名吧。"伍小伟赞同芬姐的意见。

"那……好吧，恭敬不如从命。看过小伟弟写的《我踩着不变的步伐是为了配合你到来》，内容是以二十四节气为一条线，串联起身边人、身边事。其中有个《油菜花》的故事美丽而温馨，内容是关于孩子名字的。不如，我们群就叫'油菜花'或'油菜花田'吧？大家看如何？"阿漫说出了自己的想法。

"好的！好的！"立刻有人呼应。

"好啊！油菜花——有才华！"诵读"金嗓子"阿勇想象力丰富。

"耶耶！油菜花——有财花，太棒了！"亦写亦读的阿亚想象力更丰富，难怪他能获得"中国好人"称号，不仅吃苦耐劳，情商还超高。

"有才华，又有财花，什么也不缺！"阿建是个"老播音"，他为大家诵读得最多了。

"油菜花"，我们的群，我踩着不变的步伐是为了配合你到来！

三

"《盐阜大众报》客户端'听见'栏目，计划在我区搞一个专题活动'走进梅花湾'。一周，每天推出一篇文章，配上音频。写与读都有报酬。小伟弟，你觉得怎么样，可以搞吗？"芬姐打电话给伍小伟。

"好事啊！既宣传了景区，作者和诵读者还有报酬，一举两得。我们一起组织吧。景区那边由我来衔接。你看看哪几位愿意写，先在'油菜花'群里通知一声吧。"伍小伟热情高涨。

"好的。诵读只需要留一个名额给报社主办方，其他的也由我们选定。报酬是这样，文章作者600元，诵读800元。"芬姐补充说。

"行，先跟报社咬定，一定搞。根据大家报名情况定人员。务必保证质量，'油菜花'必须有才华！"伍小伟认真地说，"五篇，分不到人手一篇呢。报酬不算低，报名后还要做一些思想工作，避免有人产生不良情绪。"

通知在"油菜花"群发出后，反响强烈，大家态度积极，报名踊跃。

后来，根据报名情况，结合个人实际，芬姐和伍小伟反复商量，确定了写作与诵读的人选。一方面选出精兵强将，保证出彩；另一方面请风格高的同志让一让，毕竟名额有限。

不仅如此，谁诵读谁的作品，也仔细推敲。确保扬长避短，二度创作为文章增色。

终于，几个轮回之后，人选敲定。写作者：阿倩、阿漫、阿岚、阿红和伍小伟。诵读者：阿勇、阿洪、阿亚、阿建以及报社指定的一位女生。

本来伍小伟坚决说自己不写，把机会让给别人，可芬姐不同意，说：

"你不带头，影响力小了，我可不负责任！"

哎呀，这可真叫人左右为难，简直是"逼上梁山"啊。

不久，文章创作与诵读全部完成。

收工那天，大家欢聚一堂，开怀畅饮。

当天恰逢三八妇女节，"栀子"还为每人准备了一朵鲜艳的玫瑰花。一时，亲情、友情、师生情……犹如杯中酒，浓烈而芬芳。

文章和音频如期推出，每一天都像过节一样。大家纷纷转发，欢呼雀跃；"油菜花"群鞭炮声不绝于耳，热闹非凡。

后来，伍小伟将"栀子"赠送的玫瑰花插在酸奶瓶中，有了酸奶的滋润，玫瑰花更加娇艳了。

伍小伟拍了图片，并配上文字"当鲜花遇上酸奶瓶"，发至"油菜花"群。

芬姐见了，提笔写了一篇《当鲜花遇上酸奶瓶》——

"好熟悉的行文用语，很洋气，好像在哪见过？"我脑中努力搜寻起来……"哦，终于想起来了，《当纪梵希遇到奥黛丽·赫本》。相似的题目，纯洁的友谊，在鲜花与酸奶瓶巧妙的组合画面里带入并感动。"

"是赫本让我看到了服装的新生命。""你的衣服给了我电影角色应有的美感和生命。"

……

芬姐的文字将"油菜花"群每个人的特点与可人之处描绘得淋漓尽致。

当鲜花遇上酸奶瓶！我亲爱的人啊！谁是绿叶，谁是红花？都是，互为。

四

一帮爱写作的人，谁出书了，朋友们阅读之后就写些书评。

比如——

阿红出书了，阿春写了书评《湿地精灵的欢歌》。

荃姐出书了，阿倩写了书评《好花如故人，一笑杯自空》，阿漫写了书评《生于才华，死于浮华》。

阿倩出书了，荃姐写了《纸上春风吹绿野，笔端细雨润红英》。

如此等等。

荃姐正常居住在南京，眼界开阔，人脉较广。为了广泛宣传文友的新著，她将自己写的书评选择多家较有名气的平台投稿，往往很快就被刊载。

荃姐一有好消息，常常在第一时间发至"油菜花"群分享。

"《纸上春风吹绿野，笔端细雨润红英》，为阿倩新书写的书评，几家平台全用了。"荃姐发了链接，并附上龇牙的表情。

祝贺祝贺！

一时，群里礼花纷飞、鞭炮声响起。

"阿倩快快请客！"

"是啊，阿倩必须请客！"

"好啊，小伟哥替我订个地方，就明晚吧，我都迫不及待了。"阿倩回复，并发了个"感恩的心"表情。

五

好久没聚，彼此十分想念。

"我们聚聚吧？""油菜花"群有人建议。

"好啊！"

"好的！"

"太想念了！"

"早就想聚啦！"

……

一番商量之后，"十五的月儿十六圆"，定于正月十六聚会。

"一个都不能少！少了谁，大家都赶到他（她）那儿去。"

我亲爱的人啊！我们共有一个群，名叫"油菜花"，人人有才华，个个有财花。

终于找到你

一

一位好友在微信朋友圈看到我的文集出版的消息后，跟我联系说"想买一本看看"。

"兄弟，你太幽默了。我的书你还说买。"我边笑边说。

"那好吧。我把我的文集先寄一本给你。等价交换，哈哈……"他大声笑了起来。

"不等价啊，你是作家，而我还是个名不见经传的普通作者。"我实话实说。

"你这是牵着毛胡子过河——谦虚（牵须）过度（渡）！那咱们兄弟就不客气了。"

这还差不多，其实我还是赚了。

"请签上你的大名，我也签上。"这个要求，我必须提。

"好的。一言为定。"

二

人说世事难料，真的，有时候计划不如变化快。

我的书还没寄出，12月19日，我感染了。

我本属羊，可是一点也不得意，嗓子痒、咳嗽，刚开始还有点儿耳鸣。

人家作家可没含糊，书很快寄了出来，还拍了个图片给我，叮嘱我记得查收。

可是我在家养病，没法立刻兑现承诺了。

过了一周再核酸检测，我恢复了正常。

上班之后，忙于处理手头耽搁下来的事务。元旦那天，赶紧到快递公司将书寄出，否则，无颜面对作家朋友了。

三

也就过了两天左右，对方反馈，书已收到，还将封面及我的签名拍了图片发给我。

可是他的书在哪儿呢？我一直没接到快递小哥的电话啊。正常情况下，书应该早就到了。

区两会召开在即，暂时不管书的事情，开好两会再说。

四

两会结束了。一早，我到大院门岗去找作家的书。

遇上一位年轻人，虽然他戴着口罩，但从他的额头和眼睛我能看出，他是行政大院的同事。很多年轻人眼熟，但直接打交道不多，也就叫不出姓甚名谁。

"主任您有事吗？"我也戴着口罩，他同样一眼认出了我。

"是的，我找一本书。"我回答，"这书应该已经到了好几天了，因为没接到快递小哥的电话，我就没来找。再不找，寄书的朋友要怪我不重感情了。我元旦寄给他的书他已收到，他12月20日左右寄出的书，肯定早就到了。"可能因为年纪大了，我自己都觉得说话好啰唆。

"哦，我来帮您找。"他边说边在一堆包裹里寻找。

一本书，没多大体积，必须把其他包裹一件件移开，仔细地找。

"他倒一点儿不担心包裹有病毒……"我见他毫不犹豫地拎起一件件包裹，心里暗想。

我当然也没闲着，一起认真仔细地找了两遍。然而没有，真的没有。

难道书不是寄到大院来的？

五

"主任，您记得是哪个快递公司吗？"年轻同事看着我。

"我手机上有对方拍的图片呢。"这个我记得。赶紧掏出手机查看。

"是顺丰，我看清了。而且就是寄到大华东路1号的，没错。"还是年轻人眼明手快，"我拍下图片，您别急，我一定帮您找着。找到之后我打电话给您，或者我请区人大办的人放到您桌上。"

"好的，麻烦你了。"这年轻人，服务意识这么强，真不错！"'细节决定成败'，他做事注重细节，相信书的下落一定可以查清。"

六

"叮铃铃。"手机响了，我看了一下，号码是62……14。

"主任好，我是小杨。书已经找着了，还在顺丰公司呢。我已联系好了，下午一定送过来，您放心。"

哦，是上午跟我一起找书的年轻同事。

"哦，好的。给你添麻烦了，谢谢你！"他这么快就找着了，这效率可真高。

"不仅服务意识强，也爱动脑筋，主意多。"我在心里为他点赞。

七

再回到办公室时，书已经躺在我的桌上了。

我拆开包装，捧在手上。"嗯，虽然时间久了点儿，但终于找到你。"

八

我请区政府办的同事帮我查一下年轻同事的姓名，"他的电话号码是62……14"。

一会儿，答案来了："区委办秘书科的，杨欣欣。"

哦，杨欣欣，终于找到你！谢谢！

子乔

一

"蹬蹬蹬蹬"，我正拎着热水瓶去打开水，身后一阵急促的脚步声由远而近。

"主任好！"原来是子乔，跟我打招呼的同时，他并没有放慢脚步，一溜烟似的从我身边跑了过去。

什么事这么急？我心想，原来长相如此文质彬彬的子乔也可以在大楼走廊里跑得这么快，肯定有什么事需要加快速度，一阵风似的。

这孩子不错，我愿意把经常悄悄用在自己身上的一个绰号送给他——"风之子"，一般人我舍不得送他的。

二

子乔是个年轻人，今年夏天刚刚入职我们区人大机关。

"这是小沈，刚刚来我们机关上班，目前安排在办公室。"那天一位其实到我们人大机关工作也才没几天的同事，领着一位年轻人来到我的办公室并介绍道。

我站起来，抬头看这位新来的年轻人：中等个头，看上去略显单薄的身体，皮肤比较白，发型是20世纪八九十年代港台男星的那种，头发蓄得比较长、额头前留成弯弯的"S"型，戴着副深色圆形眼镜，镜片后面的眼睛不大也不小。

"有点像年轻时候的谭咏麟，只是眼睛比他小点。"我在心里说。

临离开时，领他过来的同事又介绍了子乔另一个身份，他是我们大院里一位同事的儿子。哦，原来这孩子小时候我见过不少次，均是在一家乒乓球馆，那时他在练习乒乓球。我还依稀记得他有一个有趣的绰号"甩兜"，哈哈……后来，听说远赴澳大利亚留学，前后共五年时间，不仅学业有成，还谈了一个广东汕头的漂亮女友，学业、恋爱双丰收。

三

一天，我拎着空水桶到办公室去换纯净水。

"子乔给主任送桶水去。"办公室分管后勤的姜主任说道。

"好的。"子乔连忙起身取水桶。

"不用，我自己取，我有力气的。子乔看起来身体比较单薄啊。"我是真心不想麻烦别人。再说，在机关坐久了，有机会干点体力活相当于稍事休息和锻炼。

"没关系的，子乔平时还健身呢，其实身体挺结实的。"姜主任笑着说。

"没问题，我搬得动。"说话间，子乔已经抱起水桶快步离开了。

正巧另外有件事要跟办公室商量，我就没有立即离开。等我回到自己办公室时，子乔已经为我把水桶换上了。

换水虽是件小事，但不是每个人都积极主动。有的年轻人嘴上答应得快，但行动跟语言并不同步。

四

有一天是周末，上午我到办公室加班填一张表格，是一张关于家庭关系的比较复杂的表格。

我去开水房打水时，看见子乔也在办公室加班。

"主任，您将表格填好后交给我汇总。您只要把内容填好，格式由我来调整。"子乔主动告诉我。

"好的，这表格内容不少，可能有好几页纸。"我看着子乔，意思是有点工作量呢。

"没关系的，格式基本一样。还有其他几位领导的，我一并完成。"这孩子看上去有点儿憨憨的，做事倒挺有决心。

"好的。我先去打水。"

"我给您打水吧！"

"真不用。你忙你的。"

等我回到办公室时，子乔跟了过来，手里拿着个大茶叶罐。

"这是我女友送的茶叶，主任您尝尝。我女友是南方人，那边茶叶多。"这孩子，挺机灵。

"好吧。不过我喝茶不讲究，好茶给我喝，是浪费了。"我拿起茶杯，这个情还是要领的。

"这是岩茶系列，有独特的味道，最著名的应该是大红袍。"我闻了闻茶叶，对子乔说。

"那您多取点，慢慢喝。"子乔把茶叶罐捧到我面前。

"上午我在办公室时间也不会太长，茶叶放多了可真给浪费了。"我稍稍取了些。

子乔懂得分享，尤其是他认为好的、珍贵的东西。作为家庭条件不错的独生子女，这个习惯与品性比较难得。

五

不久前的一天下午，临近下班了，子乔将文件夹送过来，有几份文件需要阅签。

"这份区政府领导班子分工的文件，子乔你给我复印一下，我得多看看，便于今后工作联系。"我对子乔说。

"好的。我复印一份给您，同时将电子文档发给您。您稍等。"

子乔迅速回到办公室。

一会儿之后，纸质文件放在了我桌上，电子文档也发到了我手机。

"子乔你身高多少？"我问他。

"一米七二，运动鞋的鞋底还比较厚。"他笑了起来。

六

子乔，长相不算特别惹眼，说话轻声细语，做事也说不上风风火火，但这孩子聪明、勤快，也比较善解人意。

可能就像那些发酵茶一样，经得起时间的考验，经得住细细品味。

回报

一

"笃笃，笃笃"听到敲门声，某地方财政局副局长伍小伟抬起头来，看到敲门的是一位陌生人。

"请进。"门本就开着。

"您是伍局长吧？"敲门的人问道。

"我是伍小伟，您请进。"办公室本就是办事的地方，来的都是客，如果是上访人员那更应当认真细致接待。

"听她口音有点像农场的，又不太像。"伍小伟心想。

客人进来之后，伍小伟看清了是一位年龄比自己稍长的女同志，中等身材，略胖，留着齐耳短发，化了淡妆，眼睛比较大。

"请坐！我来给您倒杯开水。"伍小伟伸手示意了一下。

"您不用客气。"客人在对面椅子上坐了下来。

"伍局长您不认识我，可我读过您不少文章呢，特别是最近刊登在《盐丰报》上的一篇，以您爱人的变化来宣传你们单位新成立的财政服务大厅高质量开展财政服务工作的，我很喜欢。您爱人为了单位整体形象而改变自己的着装习惯，这种精神令我感动。"对方以很真诚的态度和语气对伍小伟说。

"是吗？您过奖了！对待工作本就应该比对待生活更加严格要求啊。我那是随便写写的，当然也是事实。"伍小伟感觉有点意外。

"刚才我在一楼 3 号窗口见到您爱人了，果然穿着整齐的职业套装而不是休闲服。我一到窗口她就站了起来，微笑着问我有什么事需要服务，十分热情。"

"服务大厅里每个工作人员都是这样。谢谢您的肯定，您真是有心人！"

"您经常看《盐丰报》吗？"见对方没再主动说话，伍小伟接着问道。

"那当然，作为盐丰人怎能不看自己的报纸呢。我们地方的主要经济指标我也关注并记得一部分，包括财政收入。你们单位宣传的财务与会计知识我经常看。哦，今年的会计继续教育培训又要开始了，相关通知已经在报纸上发出来了。"似乎对谈论的话题比较感兴趣，客人将声音稍微抬高了些。

"会计继续教育很有必要，让广大财务人员及时了解会计制度与财务管理的变化及最新要求。"财政局这方面工作是伍小伟分管的，他当然更加重视。

"那是，财务管理可不能含糊，包括经费报销。上次我在报纸上看到伍局长写的一篇小小说，题目就是《报销》，情节虽然不算复杂，但给人启发，很有教育意义。说的是财政所拍马屁的现金会计，将同事又是财政所所长女婿旅行结婚的费用拿去报销，批发票时被所长制止与批评教育的故事。"这些话让伍小伟颇感吃惊，但又无法表示怀疑，因为文章就是自己写的，不过人物及情节是虚构的。

客人总不会专门来夸奖他们单位、他的文章和他爱人吧，伍小伟将话题转入正题："我还没问您找我有什么事情呢。"

"伍局长，是这样。"对方立即站了起来，并从包里掏出一个绿色的小本子，"我原来是二纺厂的职工，但单位改制时下岗了，您看，这是我的下岗证。"客人将小本子递到伍小伟面前。

"没关系，我相信，不用看。"伍小伟轻轻摆了摆手。

"现在我是保险业务员，今天来向您介绍几种公司新推出的保险。我就是介绍介绍，您不保没关系。"说完，客人笑了起来。

"哈哈，原来您是来推销保险的，您这个圈子兜得也太大了吧。我的文章、财政服务大厅、我爱人的变化、会计继续教育、经费报销……您这得花多少时间和精力来熟悉这些内容啊！"说罢，伍小伟还是忍不住笑。

"伍局长，我可不是为向您推销保险才读《盐丰报》的，您的文章和财政工作的情况我也不是专门做的功课。正是因为熟悉这些，我才想起来向您介绍保险新险种的。请您相信我！"客人显露出一脸无辜的表情。

"我当然相信。即使专门做了功课也没关系，您下的功夫与付出值得有所回报。这样啊，这两年我们单位一位同事的爱人下岗之后也做着保险，我已经参保了几份，不信您可以到你们公司系统去查。但我今天一定在您这儿保上一份，而且险种由您推荐。可以吧？"伍小伟很认真地说。

"一切按照伍局长的意见办。现在您是我的客户，客户就是上帝。上帝怎么说怎么好！"

二

一张银行卡长期未使用，久久找不到正确的密码，伍小伟就到银行去修改密码。

根据引导人员的提示，他找到大堂经理。大堂经理是一位身着工作服、中等身材的美女。

拿了银行卡和身份证后，大堂经理的一阵神操作令伍小伟眼花缭乱，内心直呼"佩服佩服"。

而且大堂经理诲人不倦，特别是此后当伍小伟操作不当、出现错误的时候，她一点儿也没着急，极其包容地让伍小伟"再来一遍""再来一遍"。

"人还是得多动手，否则操作能力就会弱化，会想可不等于会做。'既要仰望星空，又要脚踏实地'得时刻牢记！"伍小伟在心里对自己说。

密码修改成功之后，大堂经理问伍小伟："您可不可以买个基金？一个月只要买 10 块钱，但必须月月购买，不能中断。"

"经理，这个回报如何？能达到活期存款利率吗？"伍小伟问，他这是跟对方开个玩笑。

大堂经理仍然笑着："何止啊，可能相当于数倍的利息，会发财的！当然，也可能是利息数倍的亏损。不过，基金总体比较稳定。"

"哦，原来是这样。"伍小伟点了点头。

"怎么样？您还买吗？"她稍稍收住些笑容。

"经理，必须买啊！刚才您令我感动，现在我给您回报。如果一年下来 120 元亏完了，正好表达我的心意，相当于给您的优质服务打赏！"伍小伟爽快地回答。

三

　　付出多少，就会得到什么样的回报。就像我们平常去市场购物，付出金钱就会得到同等价值的物品。

　　从哲学的角度来看，人生都是可知的，不需要占卜。我们只要怀着至诚之心认真做事，就一定会有好的回报，只是时间早晚而已。

两小儿"日更"

"简村"有多大？全世界这么大。"简村"有多小？手机屏幕这么小。

有一个大型文学平台，叫作"简书"，基于其社群属性，人们习惯称之为"简村"。作为写作人，我们都是简村的村民。

因为他们的老师，我认识了简村的两个小男孩：一个名字（昵称）比较长，叫"语文难倒钢琴手"；一个名字比较短，叫"得天独厚"。

"钢琴手"的确在学习钢琴，已考过了六级，还时常参加"博雅"钢琴演奏表演。

据他在文章中介绍，最近一次表演弹了三首曲子，其中一曲《卡农》是与一小女孩四手联弹的。描写自己表演的情形时，比较精彩——"我认为最难弹的是《蒲公英的约定》，中间有一段 16 分音符，速度特别快，还要弹上装饰音、波浪音，也需要不断地位移……"接下来的介绍，显示他是一个淳朴的孩子，坦陈有出错的地方："我和四手联弹的伙伴弹得都有一点小错音，但没关系，能接上就行。钢琴表演讲究的是能接上。"

我还真不知道，钢琴表演是不是出错之后能接上就行。

"得天独厚"爱打篮球，《三球零进》《对决，巅峰》《犯规之王》等都是他日更的文章，家长给买的球鞋也被他写得形象生动。有时更新了有关打篮球的文章，他也不忘告诉我一声"更了"，谢谢小伙伴！

他还比较好强，比如我在《三球零进》后评论："三球零进，不是谁都做得到的，哈哈！"他不久之后就回复："我进步了，现在三球三进了！"

"钢琴手"一家似乎很爱吃，看样子家里不差钱，一个一个特色饮食店吃过去，什么牛扒、烧鹅、蒜蓉鸡、烤鱼、叉烧、脆皮五花肉等，品种真丰富。

来看他写的一小段："我拿到脆皮五花肉后，立刻取了一小块出来尝尝，哇！那味道肥而不腻，嘎嘎脆，咸咸的，好吃得不行！我三下五除二就把它给解决掉了。"可真好吃！经他这么一写，馋得我都快流口水了。

可是"钢琴手"并不是个小胖墩，从他参加钢琴比赛或表演的照片来看，他的身材匀称，长得蛮帅的。

"得天独厚"似乎没那么爱吃，冬至那天写到的美食就是汤圆。

他有个弟弟，是他笔下经常出现的人物，比如："今天是弟弟生日，我可能会凑字数，我要快快快！我已经看见了弟弟在拼乐高，我也有，不能就这样坐以待毙！他已经拆开包装了！啊啊啊啊！别呀！快快快！"这节奏，这么多的感叹号，直把我代入得紧张起来。再比如："弟弟真坏，看到我回来，就赶快拿起汤圆，大口大口地吃着汤圆！我说：'年轻人不讲武德！'"这孩子！还"年轻人不讲武德"，这是什么台词吗？有趣！

有时候他打了弟弟也写出来："我和他玩了起来，他和我争抢一个东西，他拿到了，我就踢了他一脚。他哈哈大笑，说：'你打我！我告诉妈妈！'缓了一下，突然放声大哭。我蒙了，他前一秒哈哈大笑，下一秒放声大哭，我说：'你好奇怪呀！'"

我留言说："以后可不要再打弟弟了，你是哥哥呀！"他似乎长叹一口气："唉！条件反射。"

"语文难倒钢琴手"的文章如他的名字，一般比较长，有时用语音输入，因此会有同音的错别字。

"得天独厚"文字较短，短平快。我曾建议他写长点儿，他说："不不不！还有不少作业要完成呢！"

不能忘了介绍，他俩是同桌，据说也是班上坚持"日更"文章的两位"作家"。

什么叫"日更"？就是在平台每天更新文字，也就是每天都会写篇文章。

从平时他们之间的对话来看，两人相处时，"得天独厚"貌似强势一点儿。

两小孩，真有趣。希望我跟他们的互动能促进他们成长，哪怕只是贡献一点点力量。

两万元又飞了

在机关食堂吃好午饭后，下楼。

今天有几个我特别喜欢的菜：红烧排骨、水芹炒肉丝、青椒炒藕片、蒸南瓜等，吃得我舒服又满足。

开车前，打开手机看上一眼。

有信息提示，"我爱我家"群里老婆@了我。

有什么事情吗？连忙打开三人群，看见老婆和女儿的对话：

"我说的嘛！"老婆很笃定的口气。

"我都是复习到最后一秒钟。"女儿在摆功似的。

难道是孩子的注册会计师分数出来了？有这么快吗？赶紧"爬楼"。

爬爬爬，一直爬到顶，直接看分数表："经济法77.5，审计70.25。"

啊！又是高分通过！

可真不容易啊，特别是审计，听说有人连续几年都考不过，最终只得放弃了整个注册会计师资格考试。

记得当时走出考场之后，孩子对一组题目的答题方式表示不够确定，虽然内容大多答对了。孩子她妈也上网查了一些相关内容以及考生和培训老师们发表的意见。我则根据她们娘儿俩介绍的情况认真做了些思考与分析。

虽然最终一致认为不会影响评卷与得分，但我们心里终究还是有点儿担心的。

现在分数出来了，表明我们分析得没错。

去年"会计"和"财务成本管理"，孩子曾以高分通过。这两门业务性很强，属于难度较大的，能以高分顺利过关，大大提振与坚定了孩子的信心和决心。

"太棒了！一分耕耘，一分收获。"我在群里发言。如此重大的好消息，赶紧庆贺一下，发上两个表情：放个鞭炮，送个花篮。

生活需要仪式感！

接着我兑现自己的承诺：给予奖励，通过微信转账给孩子两万元整。

指尖轻轻一点，两万元又飞了。

对于孩子的学习与成长，从来有诺必践。我当然愿意更多、更频繁地兑现此类承诺。

去年，我和老婆跟孩子一起商定了奖励方式：注册会计师考试，一年通过一门奖两千元，通过两门则奖两万元（合计）。国际金融师（三级）考试，通过了，奖一万元。

补充说明一下，国际金融师一、二级的考试，孩子在读研时已经通过。

去年注册会计师考试通过了两门，我奖励孩子两万元。

这孩子近期表现棒棒哒，注册会计师专业阶段全部六门考试已通过。后面还有个"大综合"，那个通过率是比较高的，因为凡能参加考试者，都有了六门合格的基础。

专业阶段考试的合格证号已经有了，用时下流行的话说，看着"极度舒适"。

"面"运真会捉弄人

在浦城工作了近三年，小桐决定从单位离职。

其实四大会计师事务所，也就是人们俗称的"四大"中，税务咨询并没有人们想象的那么忙碌与劳累。但这个春天可能与以往有太大不同，总令人想做点不那么按部就班的事儿。

对于尚单身的小桐来说，能让内心泛起波澜的可能只有离职了。

当然，此后肯定需要重新入职，但暂时不会仍然选择"四大"。

这个夏天又不同寻常地炎热，热的程度和长度都超出了过往，反正有很多人说，此生还从未遇上过这么热的夏天。

五月份，小桐交了辞职报告；即将迎来七月的时候，离开了单位。选择这个时候离开，比较符合"四大"的业务周期。

无须上班了，小桐便回到家乡海城，一门心思复习注册会计师资格考试剩余两门课程。

对于学习、考试，小桐从来都相信自身的能力，虽然称不上学霸，但在学生时代几乎所有的考试均一路奏凯，包括出国留学前必须拿到的那些资格证：雅思 7 分、吉麦它（GMAT）720 分。还有在读研期间自学日语拿到一级、国际金融师取得二级等。总之，基本属于紧随学霸的人了。

注册会计师的考试日期到了，小桐回到浦城参加了两门考试。

此后，小桐便开始了一次次投简历、参加面试的历程。

这是走出校门之后第二次求职，感觉和第一次是有点区别的。怎么形容呢？心里应该没当初那么着急，但脚步似乎比当初沉重了一些。

也许与今年的各种特殊情况有关……

秋天的什么呢？穿梭？辛苦？困惑？似乎都不能准确表达出来。

在面试自我感觉还不错的两家单位没了下文之后，小桐的心里有点急了，也开始反思自己的不足。同时，着手重新梳理一些东西，并在电脑中建立"问题库"，且随时更新与补充。

都说秋天是收获的季节，然而参加了几家单位的面试，有的跟踪得还比较深入，却迟迟未拿到自己心仪的入职通知。

霜降过了，这是秋天的最后一个节气。门外的树叶黄了、红了，在秋风的吹拂下纷纷飘落。

难道要在奔忙与期盼甚至焦虑之中走进冬天？小桐不由得想起了《一条路》中的几句歌词："一条路，落叶无迹，走过我，走过你……走过春天，走过四季；走过春天，走过我自己……"

临近十月底，H证券公司通知面试，情况不错；十一月初，二面，相谈甚欢。

十一月初，M银行通知面试，紧接着在线上进行一面，单位表示请耐心等待二面。

面（试）运（气）真会捉弄人！前面很长一段时间，面试像走马灯似的，却迟迟没能取得实质性进展；现在一下子两个比较中意的单位迅速往前推进，怎不令人欣喜。

如果都拿到"入场券"，那还真难取舍。

然而，这样的难题一点都不令人讨厌，不，它是那么可爱，这不正是小桐所期盼的吗？此类难题，"纵你虐我千百遍，我仍待你如初恋"。

当然，也可能最终二者均未如愿。没关系，一点儿关系都没有，我们正需要这样的成长。其实过去有点儿太顺了。

再说，小桐从单位辞职，却换来了注册会计师最后两门考试乐观的结果。同样可以说，在这个不同寻常的秋天里，小桐学会了几种泳姿的游泳。

这一年，小桐收获了人生较为快速的成长。

就这样走，努力走得更加坚毅与稳健。

一切未必最好，却都值得。

寒酸

卢姐从省城回来了，带着她新出版的寓言集《老鼠告状》。于是，有朋友召集身在小城的文友一起小聚，刚刚出书的几位则纷纷带着自己的新书喜气洋洋来赴宴。

我是第一次出书，心情比较激动。席间向朋友们报告说，那天上午从快递手中接过新书时，如同抱着自己的孩子一般！中午休息时，躺在床上怎么也没法合眼，一分钟都没睡着。

"今天下午我和陈主编还议论了一番，那天上午等着取你的赠书时，先到你家喝茶，在你家，我们有不少发现与感慨。"文学公众平台《人民作家》总编，也是我同班同学骆圣宏先生接过话茬，边说边侧过头朝我看。

《人民作家》是我写作梦想起飞的地方，新书尚未付印时我就承诺赠送300本给《人民作家》编辑部，也算是一种回报与反哺。

"有什么发现与感慨呢？愿洗耳恭听。"我颇感好奇。

"我是头一次到你家里来，所以到处认真看了看，结果发现你家里几乎是空荡荡的，没有什么礼品、装饰品。而且你泡茶给我们喝时，陈皮只是掰了几小块，连泡茶的紫砂茶壶也是假的。"说话间，骆总编露出了狡黠的笑容。

"看你这老同学，把我说得这么小气，把我家说得如此寒酸！有这么严重吗？我得解释一下。"老同学这么说，还真出乎我的意料。

"陈皮我也没放太少吧。泡一壶茶，陈皮肯定不能放太多，否则会影响或者说破坏了茶叶的味道，这是卖茶叶的师傅反复告诉我的。比如陈皮白茶'小方块'，你仔细看啊，里面的陈皮是有限的几根，而不是很多。同样，泡一壶茶，放入同'小方块'差不多数量的茶叶，陈皮必然不能放很多。陈皮是用来调味的，而不是以它为主。我可不是舍不得多放，而是讲究适量、合理。"

我这样解释，坦率而真诚，因为我的确没考虑节省。

"对于紫砂茶具，我没有太多研究，但我买紫砂壶和紫砂杯的店铺是一家开了近14年的老店，我真的信得过人家。其实自己家里用的，不需要奢侈，比如我用的公道杯和主人杯都只有一二百元一只。不就是喝茶用嘛，几百块钱一只还嫌便宜啊？超市里质量相当好的碗碟之类才多少钱一只！"

我说的是心里话，自家喝茶用，排场、"格式"是次要的，家人一起感受喝茶的温馨和乐趣才是最重要的。

"紫砂茶壶和茶杯，真品没有大几千块钱哪里能买到？几百块钱的都是假的。真的紫砂壶用开水一烫，会散发出一股特别的气味，而假的则没有。"骆总编说得挺认真，也很笃定。

"唉，我该怎么说你才好！在文学公众平台上，你是总编，可对于紫砂茶具，你真的存在认识误区呢。"我朝他笑了笑，也学他带了几分狡黠。

"我来科普一下，总编同志。"我真的很有必要向他介绍介绍紫砂茶具的基本知识。

"凡是原矿的，都是真的。紫砂本身是矿石，经过研磨、过筛而来。

一般的紫砂盖杯，也就是带盖子的杯子，三四百块钱一只的就可以用了。日常喝茶用，选择自己喜欢的式样与大小就行，不需要太贵的。价格高，除了确是大师制作的，还有就是商家哄你钱的。"这些都是常识。当然，对于紫砂的认识，我也仅此而已。

至于以"用开水一烫，会散发出一股特别的气味"来分辨真伪，我觉得既不靠谱，也不现实。

其实紫砂茶具也好，其他用品也罢，都是生活用品而已，是为我们生活服务的，用着卫生、健康与舒适就行。至于价格如何，实在并不很重要。

生活用品不是摆设，更不靠它们来支撑门面，否则就本末倒置了。

我们知道，奢侈品价格惊人，是因为品牌价值高，并不是用品本身值很多钱。再说，作为工薪阶层，我们也不是奢侈品的消费人群。

说我家里空荡荡的，没有什么礼品、装饰品，这倒是大实话。一方面，我们夫妻俩都是农村生、农村长的，一直比较朴素，从居家到自身，均不太爱装饰；另一方面，现在我们奉行"极简主义"，凡是没有必要的东西，尽量不买、不留，家里越简约越好。

但我觉得我家简约而不简单。不信来看——

书，可以说比较多。除了三张书橱，还有几张书桌上也尽是书。虽然我读得较少，但孩子基本都读过，有的甚至读过好几遍。

家里的音响和点歌系统，作为家用，肯定算是不错的。我和孩子都曾是"校园歌手"，张口就可以唱上几曲，在业余爱好者里面算是唱得可以的。因此，音响在我家的"大件"里算是更新换代比较快的。

钢琴和电子钢琴，这可不是家家都有的。白天我可以大声地弹钢琴，晚上则轻声弹电子钢琴，不至于影响隔壁邻居。

我家房屋墙上没有任何字画，却随处可见微信表情"笑脸"。因为我们夫妻俩均是火爆脾气，得时刻提醒自己"息怒"、保持微笑！

作家亦舒说过："真正有气质的淑女，从不炫耀她所拥有的一切，她不告诉人她读过什么书，去过什么地方，有多少件衣服，买过什么珠宝，因为她没有自卑感。"

我套用一下她的话，真正心态好的人，会注重生活本身的舒适度，而不需用奢侈品、装饰品来支撑门面和内心，因为他没有自卑感。

说到这儿，想起了一件事情，就是我在担任当地政协副主席十年间，曾经主持过若干场书画展览的开幕式，我没接受更没索要过任何人的任一幅画。

有人说我太傻、太例外了，可我觉得这样挺好。我不懂字画也不爱收藏字画，如果拿了，岂不成了一种浪费与负担。

因此，当老同学说我用的紫砂壶是假的，说我家中空荡荡时，我不以为耻，反以为荣，哈哈！

当然，我自认为老同学跟我关系不错，感情也挺好，用"寒酸"这样一个标题，有"标题党"之嫌。

底气

一

临海县公开选拔一批科级干部，岗位都不错，财政局、教育局、劳动局、体育局等机关，还有县人民医院之类的事业单位。

当然，都是单位副职领导，比如副局长、副院长等。

笔试完成之后，按《选拔办法》以1∶6的比例进入体检和面试程序。

今天安排体检，是到邻近的升阳县人民医院去。

虽然是炎热的夏天，但安排了一辆大巴，宽敞又明亮，空调效果也挺不错。

情商颇高的司机得知坐着的都是可能升迁的准领导们，车载音响播放的都是《我们的生活充满阳光》《生活多美好》《万事如意》这样喜庆的歌曲。无论是老一辈的歌唱家于淑珍阿姨还是差不多同龄的张也姐姐，歌声似乎都亲切而醉人，"幸福的花儿竞相开放，比翼的鸟儿展翅飞翔""生活啊生活，多么可爱，像春天的蓓蕾芬芳多彩""一声声祝福，祝福你万事如意"！

没多久，就到了升阳县人民医院，全体人员被安排在一间宽敞的、有教室大小的房子里等候体检。

闲着没事，彼此就互相询问各自都报考的什么单位，然后比较谦虚地夸赞对方的单位好。

"我爱运动，大学时学的也是体育，所以我报了体育局。"魏一山抬头看去，说话的人他认识，是他高中的校友（以下称校友）。

"你报的哪个单位？"校友侧过头问身边的一位帅哥（以下称帅哥）。

"教育局。我大学读的是师范，毕业后仅当了两三年教师就转岗了。"帅哥回答。

"啊！他不仅人长得帅，他的声音是如此浑厚，且带着很强的磁性。当他作为教育局领导，站在学校操场上或大会堂里给老师同学们讲话时，会像播音主持那么有魅力、那么吸引人的。"魏一山在心里暗暗想。

"这人我不认识，可能不在县直单位工作。"魏一山在县财政局几个重要科室工作过，县直单位很多人他都认识。

"教育局，大局啊，老师和学生加起来那有多少人哪！不像体育局，比较小。"校友继续跟帅哥交流。

"教育局是比较大。但我听说，在教育局当一名副局长，还不如在财政局担任一名中层干部。"帅哥的声音依然像播音员在播音一样，但这话引起了魏一山的注意，因为帅哥提到了魏一山所供职的单位。

"为什么在教育局当一名副局长还不如财政局中层干部？"校友有点好奇与不解。

"财政局是管钱的，听人家说连中层干部也'经手不穷'呢。"当同样浑厚而富有磁性的声音飘进魏一山的耳朵时，他感觉有点刺耳甚至荒唐。

"这位帅哥，你刚才的话我都听到了，我想请问你这样讲有什么理由与依据？"魏一山边说边主动走到帅哥身边。

"自我介绍一下，我叫魏一山，在县财政局工作。我主持过预算科工作，担任过国库科科长、行财科科长等职务，现在担任财政监督检查局局长。"

魏一山的声音比较响亮，也很清晰，一屋子的人闻声都聚拢了过来。

"我在财政局工作过的和目前所在的科（局），可以说都是比较'有权'的，但你可以去认真访一访，无论到县直单位还是乡镇，无论去问会计还是单位领导，我可曾在什么时候'经手不穷'？在干什么事情、与谁打交道时'经手不穷'了？你尽管去大胆问、仔细访。"

说这些话的时候，魏一山始终面对帅哥，始终看着对方的眼睛。

"一个人如果想弄权、会弄权，再普通的职位也有'吃拿卡要'的机会，比如看个厕所不给小费就不让进。如果按规矩办，再重要的位置也是搞服务，办事情走个程序、把个关。"魏一山稍微停顿了一下，"千万不要凭想象说话，我们财政局的风气总体是比较好的，这么多年年终测评在同档单位中始终名列全县第一，也不是因为管钱而获得的。"

"你若不相信、不服气，就按我刚才说的，你去访，就访我魏一山的行为，毕竟我工作过的科室都比较热门，具有代表性。"说到这儿，魏一山朝四周看了看，"我回你的话可能有点冒昧，但我必须要告诉你真实情况。欢迎你到我们财政局做客，我的办公室在一楼最东面。也欢迎大家到财政局做客，还请大家一起监督我们的工作，多提宝贵意见。但是不能以讹传讹、毁坏我们单位的名声。"

说完，魏一山朝大家拱拱手，回到自己原来站着的位置。

二

魏一山 55 岁时，遇上了他的又一个人生第一次：被纪委询问了解有关情况，起因是一封人民来信。

"叮铃铃……"手机响了起来。

魏一山看了一眼，是"86"开头的固定电话，"86，'发了'，又是什么广告吧。"他想。

见铃声响个不停，"喂，你好"，魏一山接了电话。

"是临海县魏一山副县长吧？这里是海城市纪委，请您抽空到这儿来一下，我们有事找您，准确说是有事需要跟您核实一下。"电话里头是位女士的声音，声音高低适中，语气平和却有一种威严的感觉。

"市纪委？是吗？为什么不通过我们临海县纪委通知我？纪委核实问题是这样的程序吗？"魏一山轻声笑了笑。"骗人的把戏。"他心想。

"嗯，我们是市纪委的六处。如果您认为需要通过县纪委通知您，我们可以跟周钢书记联系一下，由他转告。但我们希望更加直接和简捷一点。"对方依然语调平和。

"哦，抱歉！我还以为是什么人开玩笑或者是骗子呢。真的很抱歉！"以前有同事恶作剧打过这样的电话，没料到这次果真是市纪委的。

魏一山感觉有点难为情，但自己不是故意的，俗话说"不知者无过"嘛。

"魏县长您看什么时候方便呢？"

"今天下午时间不多了，我马上要去县信访中心接访。明天一天活动已经安排满，后天上午有个会议。这样，后天下午，从下午到晚上，这当中任意时间都行，请您定个时间。"

"那就后天下午三点钟吧。魏县长，接到我们纪委核实情况的电话，当事人将时间定在两天之后，可真不多。当然，这事也不是很急。你们临海县属于我们六处负责，这么多年来，需要请您核实情况，还是第一次。我们办公室在市行政大楼第19层21室。"对方说完后挂了电话。

"有人民来信？人民来信不签给县纪委吗？少数人因个人诉求得不到满足而写干部的人民来信，这种情况并不罕见。实名举报？我没什么违

094

法乱纪行为啊。参加什么别人声称完全合规的私人宴请'躺枪'了？如果是这样，那还真令人羞愧难当。"虽然内心无比坦荡，但第一次被市纪委通知核实情况，魏一山还是多想了想。

可是思来想去实在想不出有什么可能性比较大的情况。

"将去市纪委的时间约在两天之后，是不是有点过分了？没有相关经历和经验啊。再说，这两天的工作确实已经安排好了，调整的话涉及几个单位与部门，有的还涉及其他领导。既然市纪委同意了，说明也是可以的。"魏一山心想，"不管那么多了，后天下午去的时候，无论什么情况，都如实报告清楚吧。君子坦荡荡！继续干活。"

究竟是什么情况呢？不用等到"下回分解"。事实是这样的：魏一山的一个亲戚在一家养殖场干活时出了意外，身体受到重大伤害，在赔偿问题上，亲戚家与养殖户产生了分歧与纠纷。养殖户得知出意外的工人有个亲戚是魏副县长，担心自己受到不公正对待，就"先发制人"实名举报魏一山利用职权庇护自己的亲戚。

然而，实际情况却是，当亲戚打电话告诉魏一山这件事情的时候，作为副县长的他不仅没有说情打招呼，而且当即劝导亲戚务必依法依规办事，要考虑到对方不是故意的，其实也是受害者，双方尽量尽快完成调解。

"依法""调解"是魏一山提出自己的意见和建议时用得最多的两个关键词。

"事实就是这样，你们可以通过对其他相关人员的调查来印证。"魏一山诚恳地对纪委的同志说。

最后要签字、盖手印，魏一山不知道签在哪儿、盖在哪儿。工作了30多年，这活儿还是头一次干。

"有则改之，无则加勉。我个人觉得这也不是坏事，它警醒我时时刻刻更加严格要求自己，不要以为年龄渐渐大了就不会出问题。对法纪的敬畏、对老百姓的关爱永远不能弱化。"这番话,魏一山发自内心深处。

"魏县长的口碑很不错,这么多年没有一封人民来信。我们找你的资料找了好一番,包括你的联系方式。"纪委的同志微笑着说。

"这下子有了人民来信,打破了自己的记录。"魏一山感觉还是有点儿遗憾的。

"经多方核实,此人反映的情况并不属实。我们反馈给他的时候,也会告诉他要尊重事实、实事求是,实名举报不应该捕风捉影,更不能仅仅为了一己之私而编造虚假情况。"

"谢谢!那我们再见!"

"再见!"

三

人们常说:"君子坦荡荡,小人长戚戚。"

这句话出自《论语·述而》,翻译一下便是:君子光明磊落、心胸坦荡;小人则斤斤计较、患得患失。

光明磊落、心胸坦荡了,做人就有底气,做事就会硬气。

角色的转换

一天早晨开车去上班，照例打开"盐城广播882"。噫？这个时段怎么不是《晓露清晨》了呢？

再听，这不是星宇的声音吗？集中注意力安静地听，果然是星宇，他正主持着的这个栏目叫《新的一天说早安》。

那天是个特殊的日子，中国共产党成立101周年，又是香港回归25周年。节目中聊的一个重点话题是"当年熟悉和喜爱的粤语歌曲"，另一个"早安趣聊互动话题"是："你喜欢在办公桌上放些什么？"延伸出又一个话题则是："为什么20世纪八九十年代人们习惯在办公桌上摆放一块玻璃？"

这里我想聊聊的，不是节目中主持人和听众互动的情况，而是主持人星宇本身。

星宇的声音我很熟悉，因为常常收听他主持的节目，但除了广告都不是他单独主持的，而是和女主持人君君一起主持的《下班乐翻天》。

《下班乐翻天》，是傍晚下班后我在开车时常收听的——

"呃，呃，下班乐翻天，感觉很来电！"

"我是君君。"

"我是星宇。"

……

虽然是两个人共同主持，节目也很出彩，但由于君君是女主持人，星宇是男主持人，君君是我们盐城射阳人，星宇是外地人，有资料表明，十多年来《下班乐翻天》的女主持人没变过，而男主持人换过几次，甚至有"铁打的女主持人君君，流水的帅哥男搭档"之说……所以感觉多数时候女主持人伶牙俐齿，男主持人则应接不暇。

用一句话概括：君君是主角，星宇是配角。

上面这段话似乎连我说得都有点拗口了，有些"语无伦次"，是不是无意中我也把自己放在了配角的位置？

但《新的一天说早安》不一样啊，星宇一个人独立主持，"海阔凭鱼跃，天高任鸟飞"，"早安"怎么说，可以由星宇尽情发挥。

说实在的，《新的一天说早安》，星宇主持得真好！

我简单小结了一下：声音年轻，充满磁性与活力；主持轻松，语言风趣幽默；知识面宽，不仅有话聊，而且聊得恰到好处；收放自如，拿捏、把控自然得体……

这还不够好吗？

在《下班乐翻天》节目中，星宇常常是君君调侃的对象，比如说他胖，比如说他总会失恋等，加上君君时常用盐城方言说上几句虽"土得掉渣"却形象生动、很带劲的话，星宇的发挥空间就受到了较大限制。

也许这就是栏目设计的风格与定位，不能怪君君，我也从来没有因此替星宇埋怨过君君。

但《新的一天说早安》完全属于星宇和听众，就和《晓露清晨》中晓露和听众一样。

如果说《音乐私享家》的主持人赵彬是"盐城广播882"中我最喜欢的男主持人，那么主持《新的一天说早安》的星宇同样是我喜欢的，如同喜欢女主持人凌非和晓露一样。

因此我想，在做好配角的同时，不妨尝试当一回主角，虽然压力更大、责任更大，需要付出更多努力和精力，流下的汗水甚至泪水也一定更多。但主角会有更大的舞台、更独立的天地，可以信马由缰，可以尽情驰骋。

"天生我材必有用"，经过尝试之后，也许我们会发现：我可以当主角，我就是主角！

挠到痒处

一

大年初二，中午在 92 岁的岳母那儿团圆，喝了点小酒后，兴致超高。

翻开手机相册，看到节前在南京参加省人代会小组讨论的图片，就有了发朋友圈的冲动。我是我们小组的副召集人，所以跟部分市领导及省直部门的领导坐在一排。

其实我的性格总体属于比较内敛的，可有时候就像一首歌曲中唱的，"外表冷漠，内心狂热"，这酒一喝，狂热的成分就被放大了。

于是，平时有所克制、不太好意思往朋友圈发的内容，一时就没有了太多顾忌，比如自己写的文章、比如自己的照片、比如自己在"全民K 歌"上唱的歌……

大过年的，这么喜庆的日子里仅发一张照片太单调了，那就发一组吧。按时间顺序，从最小时候的 6 岁，到现在的 56 岁，正好 50 年。

无论工作照还是生活照，都得选看上去帅帅的，图个热闹、图个愉悦。再说，谁不希望自己年轻，谁不喜欢被别人夸奖呢。

当然，也得适当做些包装。

于是，选了九张照片，并写上一段话："一晃，50年过去了……感谢，感恩……赶上了这个好时代。"

虽然小学入学时是在一个农村生产队的教学点上的复式班，但整个小学、初中阶段我的学习成绩较好，接着顺利考上了县重点高中。然后读大专，参加工作，一路成长得很顺利。

更为幸运的是，后来，当地的"四套班子"，我在其中三套班子工作过。要说党派，我也兼任民进盐城市委会的副主委呢。

现在又当选为新一届省人大代表，我从内心感觉自己赶上了好时代。

感谢组织的培养！感谢领导、同志们的关心与支持！

指尖一点，发送成功！

结果，一不小心，从中午到晚上，收获了自己从注册微信账号以来的最高点赞记录。

此外，评论的也很多，几乎都围绕一个主题"帅"。

也许是我悄悄引导得好，其实我并不算帅。不好意思！

这里略举几例——

评论："小时候的照片太可爱了吧！"

回复："那时候叫小眼睛、表情羞涩，现在称作'萌'。"

评论："变化不大，只是小帅变成了老帅！"

回复："革命人永远是帅哥，活到老、帅到老。"

评论："曾经也青涩过。"

回复："当然，果子不会结上了就是熟的。"

评论："匆匆少年！"

回复："我们都一样！"

评论："从小帅到大！"

这儿有必要多介绍几句。这位评论者，曾经在我的家乡新丰镇担任公职，还是国家 4A 级旅游景区荷兰花海管委会的负责人。现任另一个县的县委常委、副县长，分管农业农村工作。

于是我的回复就更有针对性："不帅也难——小时候喝的水取自斗龙港，长大后住在荷兰花海旁；母亲河的水甘甜，身边有美丽的郁金香；孩子们聪慧，年轻人帅到爆，老人逆生长！"

对方回复："努力向男神靠拢！"

哈哈……这不成了"表扬与自我表扬"？

二

痒处，是人内心深处容易被挑动、被打动的地方；挠到痒处是说言行特别合人心意，让人听后感觉颇为舒服、痛快。

世界上没有人不喜欢被恰如其分地肯定、表扬甚至称颂，这会让人们更有成就感和自信心，也是感化他人最有效的办法。

善于观察、发现别人的兴趣和他引以为自豪的长处，在交谈时真诚地说出一些符合他性格、兴趣与事实的话，让对方产生认同与共鸣，进而赢得其友谊和支持，这样的好事何乐而不为呢？

《弟子规》里说："道人善，即是善。人知之，愈思勉。"意思是说，称赞别人善行，本身就是一种美德。因为别人知道后，就会因此受到勉励而更加努力地去行善。

有一位日本医生江本胜，将水冷冻至零下五度，再用显微镜观察其结晶状态。他惊奇地发现，从一滴水的结晶中，竟也能窥见宇宙的异动与奥秘，水分子不但能忠实地反映它源头的天光云影，水甚至还会因为听音乐、接受赞美而心花怒放地展现如雪花般耀眼的结晶。

美国哲学家约翰·杜威说："人类本质里最深远的驱动力就是希望具有重要性。"也就是说，人最想要的东西是他人的肯定和赞美。

马斯洛需求层次理论将人类需求像阶梯一样从低到高按层次分为五种，最高层次便是"自我实现需求"。

挠到痒处，就是所说的话让人感觉中听、爱听、想听、要听。这可不是件容易的事，更不是谁想做就能做到的。

个人以为，一个人总能挠到别人痒处，也就是说话说到别人的心坎上，至少拥有几个特质或者品性：豁达、善良、睿智，具备同理心。

一个豁达的人，才会有心、用心去留意与发现别人的优点、长处。相反，小肚鸡肠的人，对别人不够宽容、不够欣赏，而是习惯于挑剔、责怪，他们不易发现他人长处，倒可能会频频戳人，且戳在别人痛处。

善良似一轮红日，温暖了别人，也温暖了自己。具备这种优良品德的人，一旦发现了别人的好，总会立刻表达出来，令人如沐春风。可是有些人发现别人比自己好，更多的是嫉妒、恨，特别是潜意识里感觉某人跟自己水平相当或者好不了太多时。

其实，赠人玫瑰，手有余香。成全别人，又何尝不是在成全我们自己呢？

有人说，总挑好听的话说，会让人觉得很假。事实并不是这样，世界上并不缺少美，只是缺少发现美的眼睛。同样的人或事物，在不同的视角下，会产生不同的效果与定义。

欣赏、赞美别人是一种美德，更是一种能力、一种智慧。"三人行，则必有我师。"也是这个道理。

同理心是指从另一个人的角度来体验世界，尽可能贴切地感受对方的情感，而不是发表自己的感受。同理心是彼此建立连接的通道，是通往有效沟通最重要的心理活动。

自私自利的人一切以自我为中心，哪里会有同理心呢？

三

我参加的一个写作营里有个同学叫刘福建，他是河北人，堪称"三有""三妙"：有才、有趣、有人缘；妙语如珠、妙趣横生、妙不可言。

我写过一篇《翩翩起舞的男人》，表达了我的感受："听他说话、聊天，感觉跟欣赏舞蹈似的，他一会儿跳摩登舞，一会儿跳拉丁舞，一会儿又是民族舞……风格多变，出人意料，精彩纷呈。"

见到我的文章后，他以他一贯的风格，写了一篇热腾腾的《心火因君特地然》，作为对我的回应。全部是用手写的，足足两页纸且用回形针整齐别着，很具仪式感地展示在班级群里。

其中有些"好听的话"，在令我欣喜、愉悦的同时，也加深了我对他的认识与了解。

略略展示刘福建同学文中几句，我也再陶醉一下——

"从他的字里行间可以读出他温和儒雅的独特的个人化气质。"

"他的文章信笔写来，自由洒脱，乐趣自成，耐人寻味，很有嚼头儿。"

一个 1967 年的，一个 1973 年的，两个在写作营里认识不久的大男人互相挠痒痒，而且基本挠到痒处。

可以骄傲地说，不太容易，值得珍惜，也值得期待，明天会更好。嗯……前提是我们都足够努力。

当然，我挠到他的痒处，可能像一起站在田野里的两个老农，其中一个对另一个喊着劳动号子；也像是一起站在舞池里的两个舞者，其中一个对另一个手舞足蹈。

他对我的评价，挠到我的痒处，则类似于一位文学评论员对一个作者及他的文章进行深度点评。

据老师介绍，他是写作营的"留级生"，担任了班级的"运营官"；

我想如果我留级的话，还只能当学生。

他读的书应该比我多，在部分领域眼界比我开阔。

四

有位文友，叫"海边漫"，她对别人文章的评论，基本都能挠到痒处。

给同是文友卢姐写的书评，直接登上了《江苏作家》文学期刊，文章与时任江苏作协主席范小青的文章排在一起。

她给"简书"大咖谌历的文章写过一些评论之后，谌历专门写了篇文章，夸她是"最美阅读者"。

她与不少简书优秀创作者频频互动，谈笑风生。

可能有人会纳闷，她是如何做到的呢？她"说好话"的本事怎么这么大？

我感觉其实并不复杂，除了平时广泛阅读让她自己的积淀非常深厚之外，更重要的就是具备了上面说的那些特质：豁达、善良、睿智，富有同理心等。

远处的是风景，近处的是人生

人的欲望是个奇怪的东西，很多时候，我们渴望得到一些东西，得到后却又失去了兴致；我们手中明明握着别人羡慕的东西，却又总在羡慕别人手里的东西。

所以有了这些说法：得不到的总是好，一旦如愿又平常；世界上最好的东西有两样，"得不到"和"已失去"；最好的永远是"下一个"……

为什么会这样呢？从理论上说，人产生审美疲劳、喜新厌旧是一种正常现象。审美疲劳，用心理学的原理来解释，是说当刺激反复以同样的方式、强度和频率呈现的时候，反应就开始变弱。通俗说，就是对于人或事物的反复欣赏所产生的一种厌倦心理。

对于一个人来说，心理上的好奇感是认知和感知的原动力，如果人、事物或行为长期出现在眼前，就会在心理上失去好奇感，潜意识会让你的头脑转而去发现可以重新唤起好奇感的人、事物或行为，这时，审美疲劳就出现了。

比如婚姻，人很可能因长期的婚姻生活而对配偶产生平淡和麻木的感觉，于是人们纷纷慨叹：风花雪月的是爱情，繁杂无味的是婚姻，婚姻是爱情的坟墓。

张爱玲曾说："每个男人生命中总有两个女人，一个是红玫瑰，一个是白玫瑰。娶了红玫瑰，红玫瑰终将褪成墙上的一抹蚊子血，而白玫瑰则成了床前的一抹明月光。娶了白玫瑰，白玫瑰成了衣服上的一粒饭粒子，而红玫瑰则永远成了心口上的朱砂痣。"

"红玫瑰"与"白玫瑰"不可兼得，怎么办？答案并不复杂，请用心经营婚姻！即使这样的回答显得不够浪漫。

婚姻是两个人身体、灵魂、梦想与需要的结合，同时也是两个家庭的融合。在漫长的人生旅途中，需要双方全身心地投入，不仅保持忠诚、热情，而且相互关心、相互体谅与包容，无论富贵、贫贱，能同甘共苦、同舟共济。

既然领了结婚证并当众宣誓过，走到了一起，夫妻关系就是一种责任，除了激情，还有亲情。"执子之手，与子偕老。""有人陪我立黄昏，有人问我粥可温。"红玫瑰可以变成白玫瑰，白玫瑰也可以变成红玫瑰。

其实身边的人，就是最好的人。有责任心的人，即使遇见更好的也会选择守住婚姻；有责任感的人不会轻易抛弃家庭，他们明白婚姻的底线在哪里。著名导演王潮歌携手大丰荷兰花海倾力打造的《只有爱·戏剧幻城》中有句台词得到广大观众的普遍认可与喜爱："在'不对'的时间遇上'对'的人，宁可自己受苦，也不能让别人受苦。"

当我们有效分配自己的生活，并把精力侧重于自己擅长和热爱的领域时，人就容易发光、发热了，这就是有自我的人生。有自我的人生，婚姻不会太差，因为自己有能力、有魅力。

你若盛开，蝴蝶自来；你若精彩，天自安排。

历尽世事，才会明白：远处的是风景，近处的是人生。

行走的

足迹 _____

"知之者不如好之者，好之者不如乐
之者"，我发誓要把美丽拥抱，摘下
闪闪满天星……

一个人带上行李去远方

一

搬家了，从橱柜顶上取下一只老式皮箱。

这是当年陪伴我读大学的行李箱。

介绍一下，我读的是大专。但那个年代，在我家乡，只要考上了学校，哪怕是中专，统统称为考上"大学"。

说是皮箱，其实是人造革的。20世纪80年代，农村家庭的孩子出去读书，装行李用哪会有什么真正的皮箱。

看着这四只角早已磨损的橙黄色行李箱，我不由想起当年一个人带着行李去远方读大学的情景。

二

收到录取通知书时，父母就着手为我准备行李。那时候读大学，需要自己带被褥等生活用品。

我的家在江苏北部的一个地方，叫作"盐城"，顾名思义，早期盛产盐。后来，近代实业家张謇来这儿废灶兴垦、种植棉花，盐城变成了棉城。当然，"盐城"的名字不可能随之变来变去。

从家乡到学校所在地镇江句容"省五七干校"原址，大约500里。

现在看来，这是一段并不算很长的距离。但那个时候，没有高速公路，更没有高铁，只有泥土路，至多是砂石公路，公共汽车颠颠簸簸开过去，加上途中过长江、吃饭等，得六七个小时。上午八点左右出发，下午三点左右才能到达。

母亲为我精心缝制了两条被子，那种农村常见的大红花被面、"扁担条"里子虽然有点儿土气、俗气，但它们伴随我长大成人。因为担心我到很远的地方冬天挨冻，被子的棉絮也就是棉胎，用的是近10斤一条的。

父亲专门到县城百货商场为我买了个大皮箱。前面交代了，是人造革的，带金属扣可以上锁的那种。我将衣服、鞋子等一股脑地装进了皮箱。

备好了行囊，只等开学。

三

终于到了开学的日子。

父亲打算送我去学校，不仅因为一个人不方便拿行李，更因为我从来没有独自出过远门。

我却坚持一个人走。随录取通知书下发的通知上，说得明明白白，在镇江汽车站，学校有专车和高年级的同学在那儿接，而且会有人高举着接车牌。面对这么妥妥的安排，还要父亲送，不是多此一举吗？

母亲也不同意我一个人走。她说："你从小到大，还没有出过远门。你爸不陪你去，我们怎么也放心不下的。"

"车站有人接的。到学校之后，我立刻写信回来。"我笑嘻嘻地对妈妈说。

"信在路上要好几天呢，我会一直担心着。"我当然相信母亲的话，"儿行千里母担忧"嘛。

"爸爸，你不是 15 岁就出去当兵了吗？我现在都快 20 岁了。别再考虑了，不要送，肯定没问题。这也是给我一个锻炼自己的机会。"一想起父亲 15 岁就离家到东北当兵，我当即就下了决心，决定一个人去学校。

人一旦下了决心，什么困难都不再是问题。

那天早晨，父亲送我到当地公共汽车站。

临走时，我看见车站工作人员将我的两条大被子、一只大皮箱和其他人的行李一起放上车顶，并用一种特别大的网兜给牢牢兜住。车站有工作流程，都不会乱的，不用担心行李被搞丢。

终于，车辆启动了，父亲朝我不停地挥手。

一瞬间，我的心里涌上一股不舍，毕竟这是自己第一次离开家乡的土地、离开亲人们，要到几百里外的地方去，半年之后才能回来。

可是，这是天大的好事啊，我外出读大学了，我已经跳出"农门"了，我的前途一片光明。

车拐弯时，我回过头再看了父亲一眼，分明看到父亲抬手抹眼泪。

我却没有流泪。"好儿女志在四方"，这还没有离开江苏呢，本省之内应该算不上"四方"。

四

哦，到江边了。

长江！这就是长江，江面宽阔，江水滔滔。

朝两边看，看不到尽头。长江，这就是在课本上经常读到的长江！

可惜这儿不是南京，看不到雄伟壮丽的南京长江大桥。

过江时人得下车，人车分离。我站在船头，极目远眺，长江真雄浑、真壮观啊！江水虽然不是特别清澈，却也不浑浊。

"哗哗……"不停有巨浪拍打着船舷，浪花飞舞，江水飞溅到我脸上、身上。我张开嘴，用舌头舔了舔。"嗯，长江水不咸，还有点甜呢。"

哎呀！对面不是山吗？是山！虽然不是很高，却也连绵起伏，隐隐约约，"我看见山啦！大山，你好！"我在心里呼唤起来。

我的家乡盐城是全国唯一区域内没有山的地级市，我长这么大，只见过大平原。

终于见到长江，也见到山了！

"小小竹排江中游，巍巍青山两岸走，雄鹰展翅飞，哪怕风雨骤……"这是小时候看过的电影《闪闪的红星》里的插曲，歌名叫《红星照我去战斗》，我最喜欢了。

我来改编一下：一艘巨轮江中游，巍巍青山两岸走，雄鹰展翅飞，哪怕风雨骤！

好在没让父亲送我。他年轻时当了近10年的兵，走南闯北，肯定早就见过大山、见过长江了。我在省内走，如果还要父亲陪着，那多没出息，更愧对"雄鹰展翅飞"这歌词了。

五

汽车进站了。

果然，看见不少举着牌子来接新生的校友。

"船舶学院""师范学院""粮食学校"……"江苏财经高等专科学校"，哈哈……我们学校的！

学长学姐们非常热情，问长问短，问寒问暖，不仅鼓舞人心，还特别暖心。

很快，行李就被搬上了学校的专车。

汽车又行驶了好一会儿之后，终于进入学校大门。低山丘陵，道路蜿蜒曲折，高大的梧桐树、红砖红瓦的洋房……

这地方也太大了吧？环境真优美啊！到底是原省五七干校，历史底蕴深厚，真是一个有故事的地方。

我们的宿舍在一幢新建的大楼里。每间寝室四个人，两张双人床，每人都有一张桌子和凳子。

我的舍友分别来自南京、扬州和淮安。四个人，来自四个地级市，不错。他们都是家人送过来的，有的由一家好几个人一起送来的。

还是我最厉害，一个人！

第二天上午没课，同学们纷纷送家人去汽车站、火车站。呵呵，你送我来我送你。

我们学校所在地叫作"桥头镇"。当时有一首很流行的歌，叫《月亮走，我也走》，有一句歌词就是"月亮走，我也走，我送阿哥到桥头"。

后来，同学之间熟悉了，有同学谈恋爱了，"我送阿哥到桥头"，就成为我们经常挂在嘴边的经典笑话。

我陪着同寝室睡在我下床的同学一起到车站送他父亲。他们是泰兴人，讲话口音跟我差不多，没什么距离感。

当汽车一声鸣笛，慢慢启动时，我不由想起了家人，他们可曾想我？

摘下满天星

一

"漫漫长路远，冷冷幽梦清，雪里一片清静；可笑我在独行，要找天边的星……让我实现一生的抱负，摘下梦中满天星，崎岖里的少年抬头来，向青天深处笑一声……"

这是一首歌的歌词，歌名叫《摘下满天星》。

当年我十分喜欢这首歌，喜欢它优美的旋律，唱起来朗朗上口；喜欢它诗一般的歌词，有较强的画面感和代入感，仿佛歌者就是翩翩少年，在扬鞭策马、奋力逐梦，立志摘下满天星。

二

1995 年，我 28 岁，在当地一个沿海乡镇财政所工作并担任副所长。

在一个粮食登场、瓜果飘香的秋日下午，单位的主管部门县财政局来了两位领导：一位副局长、一位人秘科科长。

他们到财政所来的时候，不巧我到村里征收农业税去了。

当我踏着夕阳回到财政所的时候，局领导们已经离开。但他们留下的话却是关于我的：明天去县财政局报到，局长要跟我谈话，我将担任县财政局预算科的副科长并主持工作。

啊，不得了！预算科可是财政局的第一大科啊，负责全县财政收支、财力测算与分配、指标制定和经费拨付等工作。

如果说财政局是县政府的"钱袋子"，那么预算科就是财政局的"大管家"。现在让我负责预算科的工作，简直是"天上掉馅饼"，实在出乎我的意料。

第二天一早，我就赶到了县财政局，一把手局长亲自跟我谈话。

在强调了预算科的重要性之后，局长微笑着问我："知道为什么选你来主持预算科工作吗？"

"我……真的不知道为什么，说实话，太意外了。预算科要测算财力、分配指标等，而我并没有真正在会计岗位上干过。"我挠着头，感觉心里很没底。

"我们看重的是你的文字功底，也就是写的能力。人秘科查了一下，你自参加工作以来，每年都是全系统财政科研信息工作先进个人，有关论文和调研文章发表在《中国财经报》《经济消息报》《财务与会计》等国家级报刊。预算科长需要进行全县预算执行情况分析，还要起草局领导甚至县领导的相关会议讲话稿。"

局长停下来，拿起茶杯喝了口水，可能是让我消化一下他刚才的话，然后接着对我说："财经院校毕业的，熟悉会计业务并不困难，而较强的文字表达能力却不是短期内能够培养出来的。告诉你，让你来主持预算科工作，我们是报县政府常务副县长同意了的。"

需要这么大的动静？我心里一阵激动。

原来，是经常动笔写财经论文和信息，让我占据了优势地位。同时，我感觉自己身上的责任很大、压力也很大。

"听说你还写些文学作品？"局长问。

"嗯，是的，但很少写，我没有影响工作。"我担心局长产生误解。

"没关系，财经类报刊的副刊或文学专栏也常常刊登文学作品的。"局长笑着说。

今后，我将起草全县财政预算执行情况分析，常务副县长在全县财税工作会议上的讲话稿也将由我起草……这些是多么值得自豪的事情！

到县财政局报到后，正迎来国庆节。

局里工会牵头搞庆祝活动，组织者让我出一个节目。这是我第一次作为局机关成员，在全局干部职工面前亮相。

当时我很喜欢并经常演唱的歌曲之一便是《摘下满天星》。

简要介绍一下，唱歌是我的业余爱好，也可以说是我的特长之一。读大学时，我是连续几届的校园歌手。走上工作岗位不久，在参加"全省庆祝乡镇财政成立 10 周年卡拉 OK 大赛"选拔过程中，我一路过关斩将，最终登上了决赛的舞台。

现在，我以县财政局预算科负责人的身份登台演唱——"漫漫长路远，冷冷幽梦清，雪里一片清静……我要发誓把美丽拥抱，摘下闪闪满天星……"

演唱时，我声音清亮、饱含深情，将心中的向往与期待以及为财政事业努力奋斗的豪情充分表达出来。

多年以后，还有同事跟我提起："还记得你刚刚到局里来，搞活动时唱的那首歌吗？"

"我没有忘记，《摘下满天星》，是我喜欢的一首歌。"

美好的时光总是那么令人记忆深刻、难以忘怀。

三

进入了局机关，走上了重要工作岗位，从此我的人生豁然开朗。

我先后担任了预算科副科长、行财科科长、国库科科长、财政监督检查局局长，并于 2003 年参加县里组织的领导干部公开选拔，最终以第一名的成绩走上了县财政局副局长的岗位。

当年，在盐城市县处级后备干部选拔考试中，我又力夺第一名。印象深刻的是，当时平均成绩为 180 分，我考了 215 分。

2005 年、2007 年，我县进行县处级干部公推公选，我在同类人群中均位列第一，并于 2007 年年底被任命为大丰县政协副主席，从此进入了县领导的行列。

这期间，我没有停止笔耕。除了起草公文、工作汇报、领导讲话稿等，我还创作了部分散文、小小说，并发表在各类报刊上。

这里略举几例——

通讯《为伊消得人憔悴》，讲述一位乡镇财政所所长的感人事迹。她身患癌症，仍然一心扑在工作岗位上，带领全所人员苦干实干，将财政所创建成为省级文明财政所。

散文《我知道我是谁》，描述自己大学毕业后分配工作时遇到的一次机遇，勉励自己不忘初心。

小小说《报销》，虚构了基层财政所所长不徇私情、拒绝所里现金会计为拍马屁而打算报销所长女儿女婿旅行结婚费用的小故事。

散文《妻子的变化》，介绍县财政局成立财政服务大厅后，自己妻子作为其中窗口的工作人员，从此更加注重仪表和言谈举止的小故事。

四

2009 年 5 月，因全市（县级市，下同）教育布局调整的需要，我从财政局调到了教育局。具体负责的工作其实还是老本行：财务、审计，兼任教育投资公司总经理。

不久，兼任海洋科教城管委会副主任，主要负责两所学校分别从县城和乡镇搬迁到港区的异地新建工作。

又过了两三年，兼任海洋科教城的职务从管委会副主任晋升为常务副主任、主任。

至此，我身上有了三个不同级别的职务：副处级的政协副主席、正科级的海洋科教城管委会主任和副科级的教育局副局长。

三个方面的工作常常让我忙得不可开交，有时简直有喘不过气来的感觉。在这样的状态下，写作基本丢了下来。

五

2016 年是个转折点。盐城市实施"五个一工程"，其中有个"一桶水"工程，我受地方委派，去扬州宝应大运河边氾水小镇牵头引水工程第一小组的工作。

运河文化、古镇风情，很快让我有了新的触动。在开展轰轰烈烈引水工作之余，我的创作激情一如泉涌，近一年时间写出了数十篇情系水源地以及家乡的散文、随笔。

其中有不少受到读者的喜爱，《水乡荷塘》《稻花香里》《这醉人的秋》《遇上你是我的缘》等被《扬子晚报》《江苏政协》《盐阜大众报》《盐城晚报》《宝应作家》等报刊刊载。

文学公众平台《人民作家》将我的文章安排在"名家专栏"，连续刊发 20 篇。

当年 10 月，申报并经审核批准，成为盐城市作家协会会员。

从此，我与文学结下不解之缘。

六

俗话说：计划不如变化快。本来约定我在宝应泛水负责新水源工程建设两年时间，可到了 2016 年底，恰逢地方政府换届，组织安排我担任地方政府副区长（2015 年大丰撤市设区）。

于是，由一位人大常委会副主任替下了我，我则回大丰到区政府上任，分管农业农村、民政、海洋、供销及退役军人事务等方面工作。

这时候，我已深深地爱上了写作，工作之余，依然笔耕不辍。

2017 年继续保持了较为强劲的势头，且于当年 10 月在文学平台"简书"注册了账号。从此，写的文章更加快捷地在"简书"对外发布。

2018 年 4 月的一天，时任《农民日报》编委、江苏记者站站长沈建华打电话给我，说他在《人民作家》公众号上看了我的散文《露天电影》，很是欣赏与喜欢，让我把电子稿发过去。他将推荐给《农民日报》客户端，当时叫作"中国农业新闻网"。

我怀着无比激动又有点紧张的心情，迅速将文稿发了过去。心想，能有这等美事？《农民日报》可是中央主流媒体，中国农业新闻网也是我们农业农村领域最高层次的网站。

《露天电影》描述了我小时候在农村看露天电影的场景。共分了六个章节来表述：放电影前的准备与看电影前的等待，我们姐弟几个如何能获得父母同意去看电影，一次跑了 20 多里去小镇看电影的经历，等待"跑片"竟然看了三遍"加映片"，看《洪湖赤卫队》看得我泪流满面，动听的电影主题曲与插曲。

六个章节，几乎将我小时候关于露天电影的记忆写全了。

文章在《人民作家》平台刊发后，受到广泛好评。文友"海边漫"评论说："白幕布，晒谷场，观影的人群，兴高采烈的孩子……作者如数家珍，用质朴的文字展现了露天电影留在人们心中的美好印迹。"读者"福音人家"留言："露天电影，作者文字细腻，情景再现，勾儿时欢娱、显曾经童真！"

仅过了一个星期左右，沈编委通过微信发来了信息及链接，《露天电影》一字不差刊发在中国农业新闻网。

当时我感觉简直就是奇迹，妙不可言！

七

光阴似箭，日月如梭，转眼之间我在区政府已经度过了四年半的时光。还有半年，班子换届时我将离开。

我要用心写一篇关于田野、关于庄稼的文章，以此作为纪念。

过去曾经写过《稻花香里》，现在写麦子吧，题目就用歌曲名《风吹麦浪》，浪漫、唯美。

分管全区农业农村工作，我时常走在乡村田埂上。

当草长莺飞、春暖花开的时候，麦田里的麦苗也快速生长，一片生机勃勃的景象。接着，麦苗分蘖、拔节，然后抽穗、扬花、灌浆，麦子逐渐成熟，麦田也由碧绿转为更加厚重的墨绿色。

"夜来南风起，小麦覆陇黄。"初夏的暖风似魔术师，仿佛一夜之间将麦田变成了庄户人特别熟悉而喜爱的一片金黄。面对蓝天白云下一波波翻涌的麦浪，人们轻轻吟唱起优美动听的《风吹麦浪》。

于是，我用手机在"QQ音乐"将《风吹麦浪》设置成单曲循环。

听着、听着，时光仿佛倒回20世纪70年代，麦田里的人们不仅有广大农民，还有不少知青，他们响应号召来到广阔天地；听着、听着，想起了过去父老乡亲们面朝黄土背朝天劳动、耕作，日子过得忙碌而艰辛；听着、听着，麦收时节农村孩子在老师带领下到麦田拾麦穗，休息时喝大麦茶、吃烧饼的画面浮现在眼前……

于是，分不清麦苗与韭菜的知青、用青麦仁做的冷蒸、因脱粒引起冲突的父子、拾麦穗的师生等，那些跟麦子、麦田相关的人和事逐渐清晰起来。

尚未动笔，内心已经被回忆、被往事所打动，当一些画面定格在脑海，眼眶不由湿润了。

利用一个星期天，在家里写了一整天时间。比较顺畅，几乎没有卡住的地方；很投入，有几个地方直写得泪眼蒙眬，甚至有了灵魂出窍的感觉。

当天就完成了这篇与歌曲同名的文章《风吹麦浪》，并于第二天认真作了修改完善。

农村题材的，我就推荐给几个相关的平台与期刊——《农民日报》新闻网，本市党报《盐阜大众报》客户端，还有本省的权威农村经济期刊《江苏农村经济》。

幸运的是，次日上午文章便出现在《农民日报》客户端"三农号"。《农民日报》江苏记者站站长陈兵将文章发布在自己的朋友圈中，并附上推荐的理由："文章情景交融、感情真挚、文笔细腻，耐读耐品，推荐一读！"

盐城市作协副主席、盐城市网络作协主席管国颂告诉我："这一组《风吹麦浪》的叙事写得朴素而传神，乡土味、人情味兼备。"

当年我上初中就读的龙堤太兴联中的老师、后来学校的副校长杨世银在微信校友群中对我说："今天看你写的文章，我烧的肉都烧煳了。"或许老师是幽默了一把，也许是为了鼓励我。

不久之后的一天，《江苏农村经济》期刊副主编沈建华（与《农民日报》编委沈建华同名）发来消息："我们期刊不刊载文学作品，至今没有破例。抱歉！"

我回答说："没关系的，此前四年《江苏农村经济》每年都刊发了我写的通讯或者理论文章，今年下半年我再认真写一篇相关文章。"

"要么这样，我将你的文稿打印出来，向厅领导请示一下，如果领导同意，我们尽快刊发。"

"非常感谢厚爱！有这个想法，我已经满足了。"夫复何求？

仅仅过了一天。"领导同意了！我们《江苏农村经济》期刊将首次刊载文学作品，祝贺你！因为文章好，领导同意开先例，不简单！"沈主编发来信息。

"这篇散文实在太美了！我要将你的职务和姓名一起放在文章后面，加大推介的力度。其他文章作者一般不公布职务的。"他接着说。

大约十天后，《江苏农村经济》第6期印发，《风吹麦浪》顺利推出。

八

2020年初，一个意外，我摔断了右手的手掌骨。第三天做了手术，因为骨头碎得厉害，不仅放置了钢板、打了钢钉，还植入一小块人工骨头，便于将碎骨片拼起来。

手术后，裹着纱布的右手无法正常活动，给工作和生活带来很多不便。皮鞋不方便穿脱，我就从鞋柜中找出一双合脚的旧布鞋。

大家知道，2020年春节过后，新冠肺炎疫情形势严峻。由于防控需要，大年初四，也就是我做手术后仅十多天就正式上班，和其他同志一起起早贪黑，全力投入到防疫战斗之中。

穿着一双旧布鞋，我和同伴们一起走过了一镇又一镇、一村又一村、一户又一户……

这让我想起，小时候，包括上初中时穿的鞋子，都是母亲给做的布鞋，布鞋伴随着我走过十多年的人生路。

于是，我深有感触地写下了《新鞋子，旧鞋子》。

后来，看到市文联、盐阜大众报报业集团等单位联合举办"盐城小康故事"征文大赛的消息。"虽然即将实现全面小康，但艰苦奋斗的精神不能丢，新鞋子、旧鞋子都是过生活"，《新鞋子，旧鞋子》的主题不正与征文要求相契合吗？于是，我果断投了稿。

评选结果揭晓时，见到《新鞋子，旧鞋子》获得一等奖，我的内心一阵欣喜。这是我走出校门以后头一次参加文联主办的征文比赛，就获得了一等奖！

九

开车上班途中，我习惯打开电台、收听盐城广播 88.2 节目。

"在薄情的世界里深情地活着，在多情的时代里真情地活着！世界很大，只有自己知道想要什么。FM88.2 音乐私享家，一听如故，心有独钟！"

每次听到主持人赵彬的声音，我都会在心里夸赞，多么年轻而富有磁性的声音！

渐渐地，一个想法在我心中滋长：我要写一篇文章，请赵彬用他的"盐城好声音"诵读出来！

2022 年 1 月 10 日《盐阜大众报》客户端"听见"栏目推出了我的文章《聚了、散了，都留下祝福吧》，其中的音频，就是由赵彬诵读的。

请到赵彬，其实也没费什么周折。我作为嘉宾上线盐城广播《政风热线》时，认识了电台的一位负责人，《聚了、散了，都留下祝福吧》写出来之后请她转发给赵彬，看他是否有兴趣诵读。赵彬阅读后满口答应："这样的好文章，我当然愿意！"

《易经》有云："同声相应，同气相求。"你若种下梧桐树，必然引得凤凰来；努力让自己发光发亮，对的人会迎光而来。

十

有一首歌叫《飞鸟与射手》，以舒缓的旋律、忧伤的情绪和"白描"式的歌词，慢慢讲述着一个飞蛾扑火般的爱情故事："就这样走到世界尽头，我们都没有回头；爱只是一场海市蜃楼，所有的美丽都是虚构……当你把箭举起的时候，我已决定了不会再闪躲；你是唯一能伤我的射手，不让你看我的泪在流！"

对于这首歌，我有一种特殊的情感，因为我曾了解到一个真实的故事，故事的女主人公短暂的一生，特别是她的爱情，就像歌曲中主人公的一样凄美、感人。

利用 2022 年春节放假的时间，我将这个故事以小说体裁写了出来，并发布在"简书"平台。

文章发布十天之后，我收到一个消息："你的文章《飞鸟与射手》已被加入专题'非村伯乐备选专题'。"

我第一次小说写作的尝试，文章就要被简书伯乐推荐了！幸福来得太突然，本来坐在床上正有点儿发困，看了信息之后睡意全无。抬头看了一眼窗外，天上的云彩像秋天的一样，真美啊！

"今天推荐，请不要作修改，以免影响点赞。"一天早晨，我收到了非村伯乐的信息。

当时，我并不了解文章被推荐的程序，也不清楚推荐后怎样才算成功。只记得去年夏天读过别人一篇伯乐推荐的关于乡村夏收的文章，写得可真好啊，令我心悦诚服、自叹不如。

现在我成了伯乐推荐好文的作者，有点难以置信。

非村伯乐推荐语：

"推荐新人作品。读完这篇文章之后，特意去找了《飞鸟与射手》这首歌来听，舒缓的歌中为爱的牺牲和坚忍与作品中的女主角欣燕一样。"

"认识他大概是她宿命的开始，当她在家人和朋友的不解中，放弃大好的前途毅然决然地，甚至没有举办婚礼走进他的家，从此以后梦想和她无缘了。"

"等到稍微能腾出手来，又被婆婆劝着生了个二胎儿子。和丈夫的距离也因为这么多年认知和环境的差异越来越大，坚忍如她，在丈夫银铛入狱后坚守住了家，教好了孩子。"

"终于可以和和美美地一家人生活在一起了，病痛又找上她。最后，在曾经相爱的那片花海以及孩子们的簇拥下溘然长逝。"

"让人唏嘘的命运，不知道她是否有过后悔？读完文章，有这样一个画面：油菜花田里，蝴蝶翻飞，蜜蜂忙碌，一个绑着'趴趴角'的姑娘，像燕子一样轻舞。很唯美，也有点忧伤。文笔比较清新，贴近生活，佳作推荐。"

这么长的推荐语，这么深刻的解读！

"谢谢非村伯乐！推荐语道出了我内心深处的情感。我喜欢《飞鸟与射手》这首歌，听着听着，泪水模糊了双眼……在我试着写的时候，欢乐与忧伤甚至心痛如影随形，令我废寝忘食……"

我认真而诚恳地回复非村老师。

下午下班后，打开简书，啊！好热闹！"故事伯乐非村推荐好文之三，简书社区守护者联盟超级权重大赞支持。""故事伯乐非村推荐好文之三，LP理事会超级权重大赞支持。"

接着，有大量的点赞，还有不少精彩评论。真正是"动作不断""惊喜不断"。

从此，我明白了，在简书这里，任何作者的文章都可能被伯乐选录与推荐。

十一

受《飞鸟与射手》成功的激励，此后我便"一路狂奔"、捷报频传。

2月19日完成短篇小说《你的样子》，获得非村伯乐推荐。这个短篇已经有了点小说的元素与味道。

3月13日完成叙事散文《轻舟已过万重山》，获得采薇伯乐推荐。

3月18日完成状物抒情散文《春天的门帘》，获得采薇伯乐推荐。

4月28日完成状物抒情散文《槐花飘香》，获得采薇伯乐推荐。

5月19日完成叙事散文《故乡的小河》，获得采薇伯乐推荐。

5月29日完成描写美食的散文《又吃冷蒸》，获得采薇伯乐推荐。

8月8日完成说明性散文《暖到人心只此花》，获得采薇伯乐推荐。

与此同时，部分文章与简书平台签约，人们阅读时需要付费。钱多钱少不太重要，文章得到肯定更鼓舞人心。

十二

然而，这种好的状态，在8月之后却没有延续下去。

年初和当地另外六位作者一起与江苏人民出版社签约，9月份将出版《黄海湿地文化丛书》，其中包括我的个人文集。

《故乡的滋味》，共31万字，将文稿逐字逐句校对一遍，工作量是非常大的。我是处女座、AB血型，属于追求完美、常常自我"折磨"的一类。

一遍、两遍、三遍，当我利用工作之余的时间认真、仔细地把书稿三遍校对下来时，几个月已经过去了。

在简书上，我的状态仿佛从"优等生"一下子"堕落"成了"差生""流生"。

上半年状态最好的时候，我曾向简书相关负责人和几位伯乐表示，我会加油，努力写出更多更好的文章，争取早日成为"简书优秀创作者"。

可8月以后自己几乎处于"悄无声息"的状态。这段时期，对于写作，我的内心始终有点儿纠结和不安。简书的老师、伯乐们已经将我忘记了吧？

直到年底新书与读者见面，这种情绪才有所缓解。比较大气的设计，令人赏心悦目的排版，所有插画都由当地的一位画家专门创作。作为写作爱好者，有一本像样的个人文集出版，在自己的人生中也是一件特别有意义的事情。

十三

去年下半年，我们机关新招录了两个公务员，都是男孩，素质挺不错，特别是一个名叫子乔的，工作热情、认真又有灵气，做事总让人放心和满意。

一天，在又一次被感动之后，我写了一篇《子乔》。这么好的孩子，得好好表扬一下，既是对他的支持和鼓励，同时也是提倡机关其他年轻人向他学习。

当天下午四点，我走在路上，顺手打开"简书"，看到"消息"中有一个"其他提醒"类消息。

"难道文章被锁了吗？应该不会吧，我在传播正能量啊。"我心想。

"你的文章《子乔》已被加入专题'捡一个好文'"哦，没被锁，而是有专题收录了。

点开"捡一个好文"，"非村编"，是非村老师编录的专题？我不敢相信，睁大眼睛仔细看，没错！

想起来了，上次文友海边漫的文章《奶奶的老物件》就是被收录在这个专题的。

如此简单、朴素的文字竟然被非村老师看中了。意外惊喜，激动人心又鼓舞人心！

十四

我写散文特别是写自己的生活体验比较轻松自如，但写虚构故事、写专题文章均不是我擅长的。在简书注册账号以来，我还没有参加过一次专题征文写作。原因并不复杂，我不太自信，加上有惰性，不想主动挑战自己。

怎么办？报班参加学习啊，倒逼自己。心动不如行动，立即报名加入齐帆齐商学院 2023 年度写作营。

听课、完成作业，这是我给自己设定的底线。这两点做到了，也就跟上教学进度了，报班的目的基本达到。

令人欣喜的是，在听与写的过程中，我找回了去年曾经有过的好状态。

到 5 月初，已有 6 篇文章被简书伯乐推荐。而且与过去不同的是，这次被推荐的是 5 篇故事、1 篇散文。自己比较害怕写的故事竟然成了"主打"，不能不说，报班学习是十分必要的，而且收获较大。

还是来盘点一下吧。

2 月 22 日，《一只眼睛的代价》被故事伯乐月华推荐。这是写作营

"闹"主题写作的作业。

3月9日，《备好的行囊》被故事伯乐月华推荐。这是写作营"备好的行囊"主题写作的作业。

3月21日，《五男二女》被简书社区守护者、简书伯乐非村推荐。

4月3日，《920街坊，烟火气扑面而来》被散文伯乐采薇推荐。这是写作营"烟火气是最美的风景"主题写作的作业。

4月19日，《山的那边，是海》被简书社区守护者、简书伯乐非村推荐。这是写作营"山的那边是海"主题写作的作业。

5月1日，《挖墙脚》被故事伯乐月华推荐。

十五

一天，写作营有同学说，有12篇文章被伯乐推荐且有一篇以上获得"大赞""超赞"，即可申请"简书优秀创作者"认证并领取徽章。

当时，我掐指一算，自己已有11篇被推荐了，另有一篇被收录待推荐。即将达到标准了呀。

"简书优秀创作者"，多么荣光、多么值得骄傲和自豪的称号！去年有一段时间，我是那么渴望得到它，看着别人头像边上那枚熠熠发光的徽章，我心里总是痒痒的。

如今，这个愿望的实现近在眼前了。

4月3日下午，在被采薇伯乐推荐的文章《920街坊，烟火气扑面而来》得到简书守护者联盟超级权重点赞支持之后，时不我待，我马上向任真老师提交了"简书优秀创作者"认证申请。

晚上9点刚过，收到两条消息：

"亲爱的创作者，感谢您对简书的喜爱，现在您已经开通了'简书优秀创作者认证'，可以获得更好推荐，希望您能够继续创作优质内容，谢谢！"

"恭喜！你已成功获得'简书优秀创作者'徽章，点击查看。"

指尖轻轻点击，头像下面呈现出一枚闪着金光的徽章，"简书优秀创作者"，令我心跳加快，"恭喜简友吾心安处获得'简书优秀创作者'称号，有效期：永久有效。"

美梦成真！

感谢简书！感谢非村伯乐！感谢采薇、月华伯乐！感谢齐老师和柠七班班！感谢"海边漫"、危微、"张三的诗"等好友！

成为优秀创作者之后，我对自己也有了新的要求，要对得住、撑得起这个称号。

首先是"增资扩股"，这样点赞简友的文章时能增加点权重。然后，增加对简书专题收录文章的阅读量，虚心学习借鉴他人的长处。同时，适时参加专题写作或专题征文活动。

总之，我会提高参与度，融入"简书"大集体、大学堂。

十六

"漫漫长路远，冷冷幽梦清，雪里一片清静；可笑我在独行，要找天边的星……让我实现一生的抱负，摘下梦中满天星，崎岖里的少年抬头来，向青天深处笑一声……"

"知之者不如好之者，好之者不如乐之者"，没错，我属于"好之者""乐之者"，当然会继续努力，逐梦前行。

我要发誓把美丽拥抱，摘下闪闪满天星！

奔跑

一

星期天上午有一项重大活动，为此，我和老婆都加班了。

中午回家时已超过了十二点，于是决定到小区门口的鸭血粉丝汤店随便吃点什么。

上次去的时候点了鸭血粉丝，吃上去感觉有点"肥"，稍嫌腻人，于是今天两人都点了雪菜肉丝面，另各加一只荷包蛋。

午休起床之后，我坐下来专注地练习钢琴。噫，怎么回事？头有点发晕，好像浑身乏力，连按琴键时手都发酸，手指绵软无力，特别是弹变化音用到黑键的时候。

奇怪！上午一切都好好的呀。

不管怎样，我得坚持练琴，难得有这么完整的半天。努力将注意力更加集中，提振起精神，同时挑比较熟悉的曲子练习，这样人不容易感觉疲劳和厌倦。

傍晚时，感觉恶心，肚子也一阵阵地发疼。于是停止练琴，到客厅里走走。

"我感觉不舒服，头晕、恶心、肚子疼，人也没力气，有那种要上呕下泻的感觉。"我对老婆说，"昨晚在家里吃的全是新鲜的食物，早饭是一个馒头和一袋牛奶，不会有问题。上午也挺好的，中午吃的跟你完全一样啊。"我有点儿纳闷。

"是啊，昨晚和今天早上吃的肯定不成问题。中午我们吃得相同，面条和雪菜应该来源一致。如果有不同，可能是荷包蛋，因为那不是现场做的，是做好了放着、后来加上的。或许因为外面天气比较凉了，有苍蝇钻进操作间，你的那只荷包蛋被苍蝇叮了。"老婆分析得颇有道理。

"嗯，也许吧。不管什么情况，就是去找店里也于事无补啊。"我倒没产生什么后悔心理，生活中谁又能料到随时会发生什么情况、可能导致什么后果呢。

好在老婆没任何不适。

其实我身体的免疫力、抵抗力一向较强，前面曾到这个店里吃过几次都没问题，毕竟在家门口方便。

今天真不明白是怎么回事。

果然，一会儿之后开始拉肚子。也不是离不开厕所那么严重，差不多一个小时一次。

我在单身时就算是个比较爱干净的人，寝室不清理清爽连睡觉都不会踏实。所以每上一次厕所后，我都认真清理一下马桶，同时清理一下自己。

晚上站在阳台上看马路对面跑步与跳广场舞的人们，心里痒痒的。但自己这个晚上跑步只能作罢了，否则走在路上的时候要上厕所，那可纯属自找麻烦。

夜里倒还算好，只起床两次。

第二天早晨在闹钟的闹铃声中醒来，赶紧起床，穿上运动服去跑步。

昨晚已经有损失了。

浑身依然没什么力气，腿脚发软，眼皮也有点沉。走着、走着，努力想跑起来，但实在没力气。那就好好走走吧。

抬起头来看路边的风景——

哦，栾树上的"红灯笼"颜色渐渐由深变浅了，且已掉落了一些。

晚樱的叶子一片橙红，落在低矮平整的柏树上，显得特别鲜艳。

红桦树几乎都已红成了一大团、一大团，是我非常喜欢的。

美国红枫总那么抢眼，红得好像燃烧的火。我习惯用手机拍下它的落叶，叫它"落红"不也名副其实？

乌桕不仅红叶美得不要不要的，籽儿也生动有趣，像宝石，又像星星……

秋天、秋色真美！

人，活着，能看见世上的美景真好！

前面有跳广场舞的，伴奏音乐是一首老歌改编的，真好听啊！

我记起来了，这首歌的名字叫《每一次》："茫茫人海，终生寻找，一息尚存就别说找不到。希望还在，明天会好，历尽悲欢也别说经过了……"

强打起精神，我抬腿奔跑起来。即使腿脚发软，即使步履沉重，我也要坚持跑上一会儿。

二

那是 2018 年，感觉工作特别繁忙，有些环节与因素也不是自己能够把控的，因此内心常常会焦躁不安。

成天忙忙碌碌，加之晚上开会和会办问题比较频繁，锻炼身体的时间就少了，门前露天场地上的健身器材用得就更少了。

早晨起来跑步时，常常感觉腿脚有点儿不对劲，要么脚跟有点疼，要么臀部有点疼，还有时候腰似酸又似疼。

说多难过好像也没有多么难过，疼得不那么明显、不那么强烈。

于是我就多做一些预备活动，伸伸腿、弯弯腰，让身体活动开，然后再跑。

也有时候左活动右活动还是走不顺畅，就找个地方坐下来休息会儿，敲打敲打腰腿等相关部位。

一天下午，上班时在区政府行政大楼北门台阶拾阶而上，突然，右脚迈不上前了，再迈，还是迈不开步。而且腿疼，似乎从脚跟一直到腰都疼。

怎么回事？我真的给吓了一跳。

站在原地缓了缓，仍像过去那样做些放松的动作，可几乎没什么效果。

又过了好一会儿，可以挪挪步了，但不能迈大步。

站在那儿，脑海里就闪现出一首叫《醒来》的歌：从生到死有多远，呼吸之间；从迷到悟有多远，一念之间；从爱到恨有多远，无常之间……

此刻我想说的是，从步履矫健到寸步难行有多远？一步之遥！

出现这个情况后，我肯定重视了起来，实在不敢再含糊，赶紧到区人民医院去检查。

挂了个专家号，给我看病的是个熟人。在我介绍说自己腿怎么怎么不行的时候，医生说："你这是腰的问题，腰椎间盘有问题，做个 CT 检查一下吧。"

"我是腿脚不灵光，腰应该没问题。"我有点不理解。

"腰椎间盘突出，压迫神经，使腰的问题反应到腿上。"专家很笃定，"等 CT 结果出来我再说给你听。"

结果很快出来了，医生说得没错，是腰有问题，具体叫作"腰椎间盘膨隆""腰椎退变"。

对于治疗，因为出现了"寸步难行"的现象，医生建议先卧床休息一段时间，然后戴上腰围下地活动。同时，采取手法按摩或进行局部封闭治疗，也可以外用活血止痛膏，口服药物则有止痛药和肌肉松弛剂等。

医生还特地叮嘱：腰椎间退行性改变基本不可逆，平时注意避免久坐，要增加户外运动，可进行腰背肌功能锻炼，也要注意腰腿部位的保暖。

"我明白了。谢谢主任！"我真听明白了。

"开些药吗？发作期间最好用点药。"医生倒没有夸大其词。

"嗯，开个三五天的药吧，不要太多。今后我会注意。谢谢！"

眼下怎么办？卧床休息是不可能做到的，手头工作那么多，即使请得了假，自己也无法心安理得。

医生的话要听，又不能全听；一半听医生的，一半发挥自己的主观能动性。

药得吃上几天，尊重科学那是必需的，也达到宽慰自己的效果。

腰围就不佩戴了，多不方便哪，而且戴上之后立马像个病人。

以后怎么办？务必多拉（吊）单杠！最近拉（吊）得实在太少了；再减体重，减掉10斤。虽然我本不肥胖，但体重更轻些，一定有利于康复。

没什么大不了！"腰椎间退行性改变基本不可逆"，我才不信这个邪。就凭着减体重和拉（吊）单杠，我就可以恢复到正常状态，肯定的，必须的！

我还要跑起来，快速跑起来！

不知不觉间几年过去了，现在怎么样了呢？这里可以欣慰地告诉大家，我的体重早已经按目标降了10斤以上；杠子，除雨雪天气以外，天天吊。

跑步，当然更不例外。

腰腿早就不疼了，一点儿都不疼了，真的。

至于腰椎间盘膨隆与骨质增生等有没有加重或者减轻，就没有专门复查过。

我这不是讳疾忌医，而是内心一点儿也不担心。

三

我是"风之子"，只管迎风奔跑，风的鸣唱、四季风景都告诉我：生命不仅是一个结果，更是一个过程。

你听，你听——"茫茫人海，终生寻找，一息尚存就别说找不到；希望还在，明天会好，历尽悲欢也别说经过了。每一个发现都出乎意料，每一个足迹都令人骄傲……"

护花使者

一

一朵栀子花，绽放在初夏；洁白又芬芳，人人喜爱它！

在我们行政中心大楼南北二层平台向下的斜坡上，生长着一片栀子树。

每到六月初，一个个碧绿的螺旋状的花苞慢慢变粗、"咧嘴"，成为绿白相间的螺纹"美玉"，接着逐渐伸展开来，绽放成一朵朵洁白无瑕的美丽花朵。

栀子花的香，气味浓郁，与众不同。无论玉兰花、茉莉花，还是槐花、桂花等，香味都不如栀子花这般浓。

我仔细闻过、比较过，桂花远远闻起来香气扑鼻，摘下来凑近鼻孔却闻不到太多香味；栀子花恰恰相反，在远处闻着香味比较淡，靠近了却是十分浓郁，香得令人陶醉、令人沉迷其中。

小时候在乡下，我们男孩子常常摘下一片栀子花的花瓣，轻轻卷起来，塞进鼻孔，那叫"鼻里藏香"；而村里的"小芳"们，则喜欢采一朵栀子花戴在头上，瞬间浑身都变得香喷喷的。

因此，人们爱采摘栀子花，加上栀子花的花苞只要养在清水里就能慢慢盛开，人们更是痴迷地、近乎疯狂地采摘。

我家所住小区有几处栀子树，每年都只能见到若干花骨朵，却见不到一朵盛开的栀子花。"为什么不能只采摘一两朵、留下大部分呢？这样大家就能尽情赏花了。"我时常遗憾地想。

在区行政中心上班，每到栀子花盛开的季节都心生欢喜，也感觉特别幸运，因为整个初夏花开不断，花香不散。

看着满坡的洁白花朵，闻着浓郁的香气，除了总会想起那首好听、唯美的《栀子花开》，我还常常想起一首动感、劲爆的歌曲——《让我一次爱个够》。

行政大院里，采花的人是少见的，即使采摘也是一两朵。

二

一天上午去核酸采样小屋做完采样后，在回办公室的时候，我看到二楼平台上有人拎着个小塑料袋在采摘栀子花。可能为了选择肥硕、齐整的花苞，这人不停地用手翻动栀子树的枝叶，然后摘下花苞放入塑料袋里。

我将眼镜扶正，仔细看了几眼，不认识他。

"可能是机关的驾驶员或工勤员吧。"我心想，同时赶紧大声对他说，"请不要再摘了，花被你摘下了，别人还看什么呀？"

"我不摘，别人也会摘的。"不想他不仅没感到害臊，还振振有词。

"别人摘，你、我一起来制止。"我可不想做老好人。

"都不摘，花也会凋谢呀。"对方继续为自己找理由。他连头都没抬，还在不停地找花、摘花。

"花谢是自然规律，但它盛开过了，完成了自己的一个生命轮回；我们也都欣赏到了它开放的过程，享受了它的芳香。这跟你摘下花苞、其他人却无花可看完全不是一回事。"见他仍不听劝阻，我就认真地给他讲些道理。

　　"你爱花，就是爱美，我能理解。但摘上一两朵看看、闻闻就够了，何必拿个袋子摘这么多呢？你爱美，别人也爱美呀！快别再摘了。同志哥，可别忘了这是机关大院，里面的东西都姓'公'！"我继续大声制止。

　　"好的，那我不摘了。"对方见我态度坚决、不依不饶，只得停下来，拎着塑料袋跑了。

三

　　听，这首《栀子花开》多好听——

　　"栀子花开，so beautiful so white，这是个季节，我们将离开……栀子花开呀开，栀子花开呀开，像晶莹的浪花盛开在我的心海……"

举手之劳

五公里的路程跑完了，接下来到露天运动器材上锻炼一番。

且慢，先来路边公共厕所放松一下，保持轻装上阵。有时遇上在器材上做运动的高手，跟他们对弈，减轻点儿负担也相当于增强自己的实力。

"哗哗……"走进路边公厕，伍小伟听到了水流的声音，他循声望去，一个小便池正"水漫金山"。

水不停地从池口溢出来，形成了小小的"瀑布"，泼洒到地面时发出了"哗哗"的声响。

"又是冲水阀门没能自动复位，一定错不了。"这个问题伍小伟已经见多了，单单这间公厕就已碰到过好几次。使用的人往往摁下冲水的龙头之后便匆匆而去，阀门一时出现小故障未能自动复位却无人发现。

要止住流水也很简单，连续用力且快速地摁下龙头再松开，"手到病除"，保准有效。

"啪啪啪"，伍小伟一连快摁、快松了三下。

"哎，怎么回事？不灵了。今天遇上'老油条'了！"水还是继续"哗哗"流着。

141

"啪啪啪"，伍小伟用力又来三下，哈哈，这次有了效果，水应声而停。

"我成老师傅了！屡试不爽。"伍小伟在心里对自己说。

这里想再提醒一下，使用此类自动复位的水龙头，摁下的时候一定要干脆一些，切忌拖泥带水。用完之后，人不要跑得比兔子还快，稍微等上几秒钟，如果阀门不能复位，导致自来水成"长流水"，那就用力而迅速地摁下、松开，如此反复几次，可使阀门有效复位。

否则，不仅会浪费水资源，地面被弄潮湿了，上厕所的人们尤其是老年人还容易摔跤。

举手之劳，积德行善，何乐而不为呢？

整装待发

区两会将于元旦期间召开。

作为区人大常委会副主任，我有多项活动（议程）需要参加，其中人代会有三个会议由我主持。

参加两会，在主席台就座的人员都需要着正装，也就是穿西装、打领带。

我担任过当地两届政协副主席、一届副区长，到区人大任职也是第二个年头了，在正式场合穿正装，早已习以为常。

以往这个时候，我都是在衬衫里面穿件厚一点的浅色内衣，然后是衬衫、西服，打领带。

进入会场前穿件外套，到会场后脱下放在休息室。

今年有点特殊，新冠病毒感染后刚刚恢复，其实还没有康复，包括咳嗽也没有完全停止。

所以穿衣保暖显得十分重要。

怎么穿？到商店去买保暖衬衫，有羊毛内胆的那种。

家里浅色且带内胆的衬衫有一件，略嫌薄了点儿，但还不错。再买两件厚实些的。

"兵马未动，粮草先行"，现在这个时候，保暖可真是件要事。

午休起床后，我立即到盐阜人民商场大丰分店三楼男装柜台去寻找。

兜了近一圈，发现情况不太妙。衬衫虽不少，可要么是单的、不保暖，要么是深颜色的，虽保暖却不符合会议要求。

就在一圈即将走完的时候，抬眼看到了前面专柜挂着的一排衬衫，有浅色包括纯白色的。"有希望，太好了！"我在心里说。

快步跑上前，用手轻轻摸了一下，厚厚的、柔柔的，有内胆，哈哈！正合我意！

"你好！白色的有 40 号的吗？"我没看尺码直接问，营业员是一位戴着口罩的女同志。

"你穿的尺码肯定有。白色的这款尺码偏小，你需要选 41 号的。可以试一下，试衣间在这边。"营业员边介绍边拿了件衬衫给我。

"你感染过了吗？"我问她，"我恢复正常已经一周多了。"

"感染过了，刚刚恢复呢，今天才第二天。这件你应该正合身。"她把口罩正了正，并笑了笑。

我在试衣间试了一下，别说，简直就是为我量身定做的，而且保暖效果挺好。我认真看了说明，内胆羊毛成分比较高。

"这件要了。把那种浅蓝色的也拿一件，换着穿。"机会难得，而且马上就开会了，我必须赶紧做好准备。

"你运气真好。前些天我在家里养病，这个柜台没人营业。而整个三楼就我们家有浅色保暖衬衫。"营业员笑着说。

哦，还真是！我再次环顾四周，发现不仅顾客较少，营业员也很少。

我已经准备好了，衣服今天配置齐全。西服有一套是秋天新买的，还没穿过呢。

2023 年大丰两会，我已整装待发！

豁然开朗

前些天学钢琴遇上些困难，主要是那种民族小调（此曲是 A 大调）弹上去有点怪怪的感觉，变化音又特别多，一时搞得我头脑晕乎乎的，感觉快摸不着北了。

难道就这样败下阵来？自己的乐感是很好的呀，学会了的曲子大多不用看曲谱，也不用看琴键，就能顺畅地弹下来。作为业余爱好者，学琴时间也不算长，还想怎么样？

眼下这个瓶颈真无法突破？不可能！主要还是练琴的时间太少了，同时信心也不足。

那就加油吧。

然后静静地坐下来，不着急，一小节一小节地往前"啃"；五线谱一下子读不出的地方，耐心地上下数一数。

反正不赶进度，更不用去考级，心急什么呢！

星期六，凌晨三点多钟醒来，头脑突然异常地清醒，没能很快继续入睡。

"老师说第三部分最难，不如起来练一练吧，也许一不小心就掌握了。"想到做到，穿上衣服来到小房间，坐在电子钢琴旁，将音量调到最小，保证不影响任何人。

专注、精准，保证每个音都是正确的；只求会，不求快，发扬"蚂蚁啃骨头"的精神；摸不透、吃不准的地方，就打开手机上的教学视频反复看……

深更半夜，没有任何干扰，不受任何影响。

功夫不负有心人！其实也没练习太长时间，所谓最难的第三部分就弹起来了。虽然还不够熟练，但总算"啃"了下来。

依然不急于求成，第四部分放到明天再说。

第二天，仍然用电子钢琴慢慢摸索。声音不能大，以免让邻居听见了笑话我，嘿嘿……

弹了之后发现，其实最后部分左手的几个指法才是最难的，感觉比第三部分难多了。

但没关系，以"失败是应该、成功是意外"的心态轻松面对。

哎，哎，一不小心弹连贯了，赶紧多来几遍，趁热打铁。

哈哈，民族小调、A大调……无论什么调，只要有调就有路子走！

后来，勇敢地在钢琴上弹了几遍，越弹手指越放松，越弹琴声越好听，有了豁然开朗的感觉。

看来，我还真是弹琴的料！我能行，我真行！

"老婆，你实事求是地说，这曲子我弹得好听不好听？"我得意地问老婆。

"曲子本来就好听，你能较快顺利弹起来，感觉更好听！"老婆一般不表扬我，表扬了说明我弹得不一般。

嗯，这叫夫弹妇随。

最后，公布一下曲名——《沂蒙山小调》。歌曲就是大家熟悉的："人人那个都说哎，沂蒙山好；沂蒙那个山上哎，好风光。"

该钢琴曲是A大调，可不是C调啊。

转瞬即逝

"哇，真是太美了！"到大院内核酸检测小屋去做核酸时，伍小伟发现晚霞红彤彤的一片。"夕阳醉了，落霞醉了……"张学友的歌声立刻飘荡在脑海中。

伍小伟想赶紧将美景拍下来，不能错过。

可是不行，前面尽是高压线，影响效果。宁缺毋滥，伍小伟得走出大院，到路口去拍。

一路小跑，到了大院南侧的路口。

抬眼看，还是不行，有不少大树挡住了晚霞，如果直接拍摄下来，画面显得不完整，也就不震撼人心。

"过马路，到对面的桥头去。"伍小伟对自己说。这样不仅可以成功避开大树，画面中还会有河水、有夕阳的倒影，那真堪称如诗如画、美不胜收。

可是，过马路时，红灯还有64秒，太阳在渐渐下沉，红彤彤的那一片逐渐缩小、不断缩小。

天哪！怎么这么巧呢？伍小伟急着读秒，"红灯红灯快点儿过，太阳太阳慢点儿落，35、30、25……"

完了，红色的面积越来越小、越来越小，灰色的面积越来越大、越来越大……

终于没车驶过了，路上空荡荡的。伍小伟会闯红灯冲过去吗？

再有 20 秒过去之后，夕阳可能不再"醉了"，落霞可能不再"醉了"，拍不拍照片也无所谓了。

不！伍小伟告诉自己，绝不能闯红灯，即使无人看见，即使毫无危险，也得慎独，也得守住规矩。

当绿灯终于亮起，伍小伟一阵风似的冲过去时，落霞只剩那么一点点，无论怎么拉近镜头，拍下来的效果也很一般了。

美景，可真是转瞬即逝啊！

然而，美景已经留在了伍小伟心中。

杠上杠友

一

我喜爱锻炼身体，正常情况下每天除了跑步，还要在家门口不远处的户外体育器材上做几组动作。单杠以及类似于单杠的"天梯"是我的最爱。

长年累月，就有一批熟悉的"杠友"（一起拉单杠的人），他们都是爱好运动的人。

今天，6月21日，在早晨和晚上锻炼时，我分别和杠友杠上了（抬杠）。呵呵，这种情况并不多见。

二

6月21日是个什么日子？

首先，是夏至。夏至，是二十四节气中的第10个节气，这天，太阳直射地面的位置到达一年的最北端，直射北回归线，此时北回归线以北

149

各地的白昼时间达到全年最长。

资料显示，6月21日还是世界渐冻人日、亚洲熄灯日和世界滑板日。

于我本人而言，6月21日有一件值得自豪的事情，就是《又吃冷蒸》一文在"简书"写作平台被伯乐推荐。这篇文章5月30日就被采薇伯乐安排在6月21日推荐，较长时间的等待，就有了较长时间的期盼与快乐。

采薇老师的推荐语是这样的："这是篇描写美食的散文，冷蒸本是物质缺乏年代充饥果腹的食物，如今是江苏南通一带的特色时令小吃。'我'几十年后得以重品儿时美味，回忆起多年前的往事，今昔对比，感慨万千。推荐理由：质朴生动的语言，带着家乡泥土的芬芳，带着浓浓的麦香，扑面而来。冷蒸是故人，带着童年和少年的印记，穿越时空与'我'久别重逢，字里行间洋溢着真情和对故土的思念。"

一篇篇数着，这是我在"简书"平台被伯乐推荐的第七篇文章。七篇，其中两篇是故事伯乐非村老师推荐的，另外五篇都是散文伯乐采薇老师推荐的。粗略分析了一下，故事的读者一般要比散文读者多，得到的简书钻也相对较高。以后我要多学习，写出好故事。这里专门感谢一下两位伯乐，谢谢你们的支持与厚爱！

按理说，这样一个日子，我的心情愉悦又敞亮，要跟人抬杠，应该不是件容易的事。

然而，只要遇上"对"的人，就会产生"火花"，其实抬杠就这么简单。

三

"如果说18岁的女孩相配1万块的男人，25岁的女孩就相配7000块的男人，30岁的女孩则相配4000块的男人。女孩子必须早点嫁人，等不得的。"

我应声抬眼看，说话的是一位"杠友"，我们早就认识。他除了正常在单杠上引体向上，还爱跳绳，是那种速度很快的跳法，据他自己介绍一次可以连续跳半小时以上。

"是啊，女孩子就得早点嫁人，否则身价不断下跌。"附和的是一位女士。我不太熟悉，她长得挺端庄，身材也不错。

"我不赞同你们的观点，这种说法简单而片面。人，首先不是为别人而活，也不是非得活在别人的嘴里或者眼光中，'我'可以为自己而活，活出自己想要的样子。"我忍不住插话。他们的观念确实落后于时代。

"女孩子的价值，可不仅仅由年龄来决定，决定自身价值的，是你能否成为比较优秀甚至独一无二的自己。《非诚勿扰》中正常留灯的结果，就能说明这个问题。再说，用多少钱的男人来衡量女孩子的价值，本身就是对女孩子的不尊重。"我未加思索，继续说道。哪怕是几乎天天见面的杠友，我还是直接杠上了。

作为喜爱运动应该也是热爱生命、热爱生活的人，思想不至于太封闭与保守，却将女孩的身价如此作比较，实在令我无法接受。

"还是做个普通人吧，生活中大部分是普通人。你是受婚姻刺激了吗？"那位女士回应我，并用挑衅的目光看着我。

"我的意思是要追求有价值的自己和有质量的婚姻，不要被世俗绑架，不要拿别人来衡量自身价值。我没有受婚姻刺激，而是受这位仁兄的话刺激了。"我忍不住笑了起来，自己实在太较真了，他们的观念也太可笑了。

30岁的女孩就给打了四折，这折头也太大了吧？看上去身体棒棒的杠友难道是从古代穿越而来？

"可能如小说《围城》中所说的，城里城外想法不同。"女士又补充道。

"《围城》我读过。我们的话题及分歧与'城里城外'并不是一回事。"不是我不依不饶，确实不是一回事。

早晨时间有限，我得赶紧再做会儿运动，不再跟他们展开讨论了。

再简单说点想法吧。无论男人、女人，想要活得体面、活得有价值，经济与人格上的独立是前提，拔高一点说，要有独立的灵魂。决定人的价值的，不是别人的眼光、外界的评价。

陈道明曾写过这样一段话："韶华易逝，刹那芳华，皮相给你的充其量是数年的光鲜；但除此之外，你更需要的是在一生中都能源源不断给你带来优雅和安宁的力量。"

随着年龄的增长，我们的容颜无可避免地渐渐老去，但任何时候我们都可以充实、丰盈自己的生命与灵魂，努力做自己的最佳主角；健康的身体、独立的姿态、优雅的气质、赚钱的能力，是我们保值、增值的基础与保障。

我的地盘我做主！谁给打折都不算。

四

天气晴好，凉风习习。先跟老婆一起快速走了四公里，结束后我继续到运动器材区域再做几组动作。

正做背部伸展运动时，一位熟人跟我打招呼，他坐在器材附近的长椅上和一位老姐聊天。

"雷姐啊，我也姓雷，算是你老弟，跟你说几句真心话。"雷哥比我略长几岁，已退居二线。听他这么郑重其事，我边运动边听他们聊天。

"姐啊，你总说人家女方不好，这没有道理，你这是纵容自己的儿子。你儿子有了家庭，就不应该再找其他女人，还生了孩子。"

"兄弟，你不了解具体情况，可不能怪我儿子，是那些女人总想花我儿子的钱。我儿子是受害者。"

"你不能光怪人家，你先要认识到你儿子的错误，他不跟人家搞七捻三的，人家会粘上他？那些女孩子怎么不粘上别人的？没有离婚，就跟人家生活、生孩子，这是犯法，你知道吗？"

"我儿子曾说要离婚的，哪晓得后来没离成。"

"那你儿子现在欠你女儿多少钱？"

"将近两百万。"

听到这儿，我着了急，忍不住插话了。

"养情人、生孩子，还欠着那么多的钱，这走的可不是正道，而且没出息、不要面子啊。做母亲的一定不能纵容他，否则就是害他。"我停下运动，对雷姐说。

"看你的样子，应该是什么机关、事业单位的吧，或者你是老师？我儿子是做工程的。"雷姐看了看我，话外有话。

"你甭管我是干什么的，也不要说你儿子是做工程的老板，做人的道理都是一样的。你儿子这样下去不会有好结果，你再不赶紧制止他、好好教育他，自己也会受连累，而且做母亲的也有很大责任啊！"我如实表达自己的观点。

"你是哪个单位的？说的话倒跟这兄弟说的差不多。"雷姐用手指了指雷哥。

"我是哪个单位的不重要。我讲一个故事给老姐你听听，我们这一代农村人正常听着两个故事长大，一个是《拾金子》，一个是《惯宝子》。你不要嫌烦，也不要在乎浪费这么点儿时间，听我讲一下《惯宝子》的故事。"我的犟脾气又上来了。

听说讲故事，旁边一些杠友也靠拢了过来。

"从前，有对夫妻中年得子，因此，对孩子宠爱有加，甚至到了溺爱的地步。结果，这个孩子从小的时候就非常霸道，家里的东西自己想要的都必须满足，邻居家孩子的东西自己喜欢的就随手拿回来。每次要东西、抢东西甚至偷东西得逞，孩子的母亲都会夸奖说：'宝宝本事大，到妈妈这儿来喝一口奶！' 就这样，日复一日，年复一年，直到孩子长大。"其实不用我讲，年纪稍长的人都熟悉这个故事。但我还是要讲！

"一天，这个已经长大了的孩子，终于因为偷窃被公安人员抓了起来。母亲去看守所看他的时候，他说：'妈妈，我忘不了小时候每次我的无理要求得逞的时候，您都要奖我一口奶喝，今天我想再喝一口。'这位母亲不知所措了，但依然忍不住满足自己孩子的要求。"我稍微停顿了一下，因为无论讲过多少遍，讲到这儿时我依然会心酸、心痛。

"我知道结局，那个儿子一口咬下了母亲已经干瘪的乳头，并愤怒地说：'是你害了我！如果我小时候你不纵容我并及时制止我，我会有今天吗？'"雷哥接着说。

当然，我知道仅仅我们这几句话，对于雷姐来说几乎就是耳旁风，哪会轻易入她的心呢。

"种瓜得瓜，种豆得豆"，不管你是老板还是什么人，过分任性，胡作非为，法律和道德的审判可能会迟到，却不会缺席。

雷姐，快醒醒吧！

"小确幸"双双而至

一

"叮咚"，中午刚刚准备午休，手机一声响，提示有信息。

我看了一下，是文学公众平台《人民作家》骆圣宏总编发来的。"应该是关于书或者文章的吧。"我想，最近我们几个包括骆总编本人刚刚出了新书，搞活动、约稿之类就比较频繁。

有张截图，他发过来的。我用指尖拨了拨手机屏幕，将截图放大，"作为同乡的我，现在客居四川绵阳，很想目睹韦国同志的新著《故乡的滋味》，希望《人民作家》能够满足我的心愿。"下面是留言人的名字和详细地址。

返回之后朝上看，这是《人民作家》关于我们几个作者赠书的报道。有人在报道后面留言要本书，这比较正常，不算什么稀奇事。

"知道唐开宏是什么人吗？他跟我们要你的书呢。"骆总编又发来一个信息。

"不知道。"我的确不了解，也不认识此人。

"原东方歌舞团的总编剧，后来是江苏广播电视台的总编辑。"骆总编的口气带着点得意。

哦，这么厉害的同乡我不认识，真有点惭愧。当然，我不认识的名人多了去，可他是老乡啊！他主动提出要我的书，还"希望《人民作家》能够满足我的心愿"，可真是我的荣幸。

谢谢唐总编！也感谢骆总编！给了我这么大的鼓励。

二

下午我正在上班，民进盐城市委的尚冬艳主任发来了信息，"11月民进中央采用：强化种业管理，保障粮食安全。民进大丰支部韦国"。接着是"胜利"和"得意"的表情。

"真的？""太棒了！"幸福来得太突然，我立刻回复。不是说我自己太棒了，是我的稿件被采用，太棒了。

"是的""恭喜恭喜"，相信作为负责这项工作的尚主任内心也是喜悦的。

开心！民进中央采用了我的"社情民意"。

介绍一下，可能有人不太了解，"民进"全称是"中国民主促进会"，是以从事教育、文化、出版工作的高中级知识分子为主，具有政治联盟性质的政党，是中华人民共和国八个参政的民主党派之一。

我是民进会员，也是民进盐城市委的副主委（兼）、民进大丰支部的主委。

"社情民意信息"是民主党派履行参政议政职责的重要渠道，也是衡量民主党派工作水平的重要标尺。加强反映社情民意信息工作，是深入贯彻中共中央加强参政党建设意见的需要，更是新时代参政党地方组织发挥作用、体现时代价值的需要。

今年一季度，我的第一篇信息稿件就被民进江苏省委采用。今年以来我们民进大丰支部的社情民意信息工作一直在民进盐城市委处于领先位置。

我提出的意见和建议被民进中央重视与采用，是履职的一种成功。

真好！继续加油！

三

谁说"福无双至"？今天"小确幸"就双双到来。

难怪前几天我进入城东中央湖公园时，抬头就看见两个喜鹊窝，不仅"抬头见喜"，而且"双喜临门"！

这一刻，心提到了嗓子眼

加时赛结束了，双方比分 3：3，马上进入点球大战。

说实话，此刻，我的内心无比失落。因为阿根廷队踢得那么好，却总被法国队追平；因为 35 岁的梅西一直像灵魂一样带领全队拼尽全力，而 24 岁的姆巴佩似乎只是在关键时刻表现神勇、如有神助。

点球大战开始了！

法国队姆巴佩首先站到了踢点球的位置。

我的心情实在矛盾极了。姆巴佩这么年轻、这么优秀，自下半场开始不时有灵光闪现与惊人表现，身上充满了年轻人的激情与活力，如果踢不进，那将多么遗憾！如果进了，阿根廷队赢的可能性就小了一点。

还是进吧，我不能这么偏心和坏心眼。

和下半场以及加时赛的表现一样，同样是自信满满、力量很大的一脚射门，球快速飞向球门左上角。虽然门将已摸到了球并稍稍改变了球的方向，但球还是进了。

祝贺姆巴佩！

阿根廷第一个踢点球的果然是梅西！

一瞬间，我的心情更加紧张起来。

天呐！最最残酷的时刻到了：老将梅西，这么优秀的梅西，比赛中表现堪称完美的梅西，经历过那么多艰辛的梅西，对大力神杯如此渴望的梅西，本场比赛之后极可能告别国家队的梅西，我的目光简直一刻也离不开他的梅西……

他会怎么踢？肯定用左脚吧？会朝球门中路踢吗？还是两侧？是大力射门还是骗过门将后轻轻一推？会像头一个点球那样貌似向左其实向右吗？

我算不上球迷，也较少看足球比赛，实在无法预料。

梅西眉头紧锁，几乎面无表情……我的心一下子提到了嗓子眼。

我为你祈祷，一定要进！一定会进！肯定进！必然进！

即使，即使最后阿根廷队赢不了比赛，即使阿根廷队运气真的坏透了，即使人们都要为阿根廷和梅西哭泣，但是只要梅西这个点球踢进了，我就为梅西打一百分，我就不会太难过。

如果踢飞了，如果球被门将扑出，如果只差那么一点点……哎呀，我不敢想……

"呸呸呸"，乌鸦嘴，怎么可能不进呢！

梅西启动了，没有特别加速，就那样"很梅西"地跑动起来，哎，突然有个减速，他突然减速了！然后左脚轻松起脚将球踢向球门左下角，守门员先向右移动了一下，但随即调整过来奋力向左扑去，不过为时已晚，球稳稳滚进了球门！

"啪啪啪啪""太棒了！太好了！"，我忍不住又鼓掌又喝彩，心也从嗓子眼落了下来。

坚定、果敢，四两拨千斤！大师、艺术家！35岁的梅西，果然与24岁的姆巴佩不同。

梅西，球王！我给你打100分！

小胖连喊三声"爷爷好"

一

晚上散步结束后，来到运动器材区域。

照例先来一组貌似适合老年人做的上肢牵引以热身，接着骑上"健美骑士"好好"溜一圈"，最后来做令运动爱好者，包括年轻人"眼热"甚至"眼红"的引体向上。

我一边和杠友（一起拉单杠的人）们聊着，一边做引体向上。一般情况下做三组，第一组七八个，第二组十二三个，第三组八九个。

"这小胖比较有意思，趴在肋木架上不敢翻过去，却又不肯下来。"做完了引体向上，我注意到一个胖乎乎的小男孩趴在肋木架的顶层，好长时间几乎保持着同样的姿势。

"王晨，要么爬过去，要么下来，你待在上面都有半个小时了。"一位年轻的女士喊道，我估计这是孩子的妈妈。

"半个小时？少见！这孩子有点与众不同。"我寻思，并走近了肋木架。

"王晨，我们在两边保护你，你大胆地爬过去。"有两位年轻的男士走过来，一边一个站定了，仰头朝小男孩看着。

果然，孩子来了勇气，慢慢抬起一条腿朝上移动。"哎呀，不敢，我不敢！"孩子将腿又慢慢缩了回来。

"我们保护着你呢，你尽管大胆爬，别担心，别害怕。你就是掉下来我们也能将你托住。"两位男士都伸展双臂并做出随时可以接应的架势。

这时，从远处跑来了四个小男孩，都穿着短袖、短裤，看上去均瘦瘦的，他们很灵巧地在肋木架爬上爬下。

从他们的对话中可以听出，四个孩子中至少有两个是两位年轻男士的儿子。他们与小胖王晨都熟悉。

然而，腿伸出来、缩回去，再伸出来、再缩回去……如此反复了好多次，王晨终究没能勇敢地跨出关键的一步。

"哦哦哦哦……呵呵呵呵……呃呃呃呃……"另外四个孩子在肋木架下不停起哄并围着肋木架转圈，不时做出搞怪的动作。

这些坏小子，搞事不怕大！

突然间，整个二卯酉河风光带的路灯、地灯全熄灭了，只剩下不远处公路边的路灯亮着。

哦，不知不觉已到了九点半钟，关灯的时间到了。

锻炼、聊天与嬉戏的人们纷纷散去。

小胖王晨在大人的呵护下也小心翼翼地爬下了肋木架。运动器材区域只剩下很少的几个人。

"王晨小朋友，我想跟你说几句话。"我走到离王晨更近一点的地方，面朝他，跟他说话。

"第一句话，你应该更勇敢一点。刚才有两个叔叔在旁边保护着，可以说没有什么危险，可你为什么不大胆尝试一下呢？

"第二句话，究竟行与不行自己要有个判断，不能长时间犹豫不决。你在架子上待了半个多小时，那么长时间，过不去却又不肯下来，小小男子汉应该培养自己的主见，就是头脑里要有主意。

"第三句话，男子汉要有自尊心与好胜心。这个肋木架，跟你差不多大的小朋友大多能轻松爬过去，刚刚那四个小朋友也都可以，他们还不停起哄。你应该下决心，减体重，多锻炼，不长时间之后一定可以不比他们差甚至比他们还要强。王晨，你听明白我的话吗？"

"嗯嗯，我明白了。"小胖看着我，并点了点头。见他妈妈在一旁等着他，我挥了挥手就离开了。

我再到"天梯"那边拉（吊）一会儿，放松放松，准备回家。

二

"妈妈，救我！妈妈，救我！"听到带着哭腔的呼喊，我循声看去，小胖王晨已爬到了肋木架的顶层，而且两腿分跨在架子的两侧，骑在杠子上面。

"你小心点！爬下来。"他妈妈用手机上的"手电筒"照着肋木架。

"哎哟，这小子！还是个'愣头青'，有点麻烦。"我知道，有人保护着时他都没有过得去，现在虽然鼓起勇气又跨出了一步，但要将另一条腿跨过去却没那么容易。

这些器材的特性和锻炼时的感觉，我太熟悉了。

"妈妈，快点救我！妈妈，快点救我！"小胖不停叫喊。

这孩子的确比较实诚，连求救也缺少那么点儿创意，总在重复着相同的词语。他妈妈也仍然拿着手机照明，人却使不上劲。这母子俩，真叫"一脉相承"。

"我来了！王晨，你手抓紧，别害怕，也别乱动。"我快步跑过去，并从另一侧爬上肋木架，用一只手抓着架子，另一只手抓着小胖的臂膀，"你双手抓紧了，慢慢将另一条腿跨过来。有我抓着你的膀子，你不要害怕，只管慢慢跨过来。"

我试图稳住他的情绪，再让他跨过来。

"我不敢！妈妈快点救我！我不敢！妈妈快点救我！"小胖哭了起来，手、脚都开始颤抖。

"这可怎么办？我一个人可没力气将他提起来、拖过来。这小子，现在要是掉了下去，不仅令人心疼，我可也得负责任呢。"我心里也有点急了，这时候要是再有个人在对面托着他往上捧一下，应该也就过来了。

可是，除了只知道打"手电"的他妈妈，暂时没有其他人了啊。

"王晨不怕！别哭啊。你将手抓紧了，别乱动。我到你那边去，你将腿退回来。能跨过去，我们就一定能退回来，王晨你要相信我。"我迅速下去，再从对面爬上来，一手抓着架子，一手使劲抓着小胖的胳膊。

"这样还不行，万一小胖脚一滑、手一松，我也会随他掉下去的。我得换个方法。"我心里暗想。

"你先抓紧架子别动，我换个姿势啊。"一边轻轻告诉小胖，我一边将左臂掏进架子、用胳膊稳稳勾着，然后用右手从小胖的胳肢窝往上托着，身体尽量护着他。

"你慢慢收回那边的一条腿。放松点儿，肯定没事，就是脚滑、手松了也肯定没事。相信我的话！或者你将腿从架子侧面收过来。"

就这样，我有一只胳膊勾着肋木架，心里有了底，手上也有力，小胖则感受到了我的底气与力气，慢慢地将腿收了回来，并一级级爬了下来。

谢天谢地！平安无事！

"王晨，快谢谢叔叔！"小胖妈似乎一直不知道担心、害怕，说话也不多。

"我不是叔叔，我是爷爷。赶紧喊三声'爷爷好！'你个小胖，差点把爷爷给吓着了。"我终于松了一口气。

"爷爷好！爷爷好！爷爷好！"小胖喊得又快声音又大。

三

感觉左胳膊有点酸疼，臂弯内侧则有点火辣辣的感觉。

用手轻轻摸了一下，有一丝一丝的东西粘在上面，捏着拉一拉，有点刺痛，哦，原来是表面一层皮给磨破了。

刚才自己太专注也太用力了。三声"爷爷好"代价还不小呢。

"瓜子头""折扇头"自得其所

一

"爱美之心，人皆有之"，谁不想提升自己的颜值与形象呢？

什么途径快捷、高效？

健身，需要长期坚持，实践表明多数人会半途而废；美容，成本高且有风险，不是普通人可以做的；化妆，五官终究还是原来的五官，人并无太大改变。

能够快出成效、效果明显而持久的办法只有一个：换一个发型！

千万别低估了发型的重要性，找对发型师、剪对发型，"换发型等于换一个人"。这话真不是夸张，剪一个适合自己的发型，整个人的感觉就完全变了，改变了精气神、提升了气质、增强了魅力……

有人这样描述：如果颜值、形象满分为 10 分，我们这些原本是 5 至 6 分的，通过选择合适的发型，立马提升到 7 至 8 分！

特别是有些头部的"硬伤"，比如后脑勺扁平、发际线高、颅顶低、脸盘大等，真不是健身、美容能轻易改善的，但剪对一个发型，就能快速解决。

二

对于发型，我一直比较在意，始终认为发型比衣服重要多了。传统与时尚、沉稳与活跃、老成与年轻等，差别往往就在几剪刀之间。

看看相册中自己的照片，无论什么时期，也不管是标准证件照还是普通生活照，我的发型始终比较适合自己的脸型、气质。骄傲一点说，因为剪对了发型，整个人看上去年轻、清爽、有精神。

其实很多年来，我妈见到我经常要唠叨："你把头发留长点儿吧，那样才好看。剪这么短，没有样子。"父亲也曾多次对我讲："赶紧留个大背头，那样有风度。"

能明白、理解他们的意思，在当地，我也是个公众人物，参加公务活动、上电视较多，做父母的希望儿子看上去老成持重，像个"干部"模样。

年轻时我留过长发啊，读大学时还曾学电影《摇滚青年》里主演陶金那样，蓄下很长的头发。

30多岁时也经常变换发型，长长短短、短短长长，连自己都有新鲜感。

年岁渐长，长发可能使自己看上去老气横秋，而剪一头合适的短发，则显得青春不老、精神焕发。

理发师告诉我，我剪的这种发型叫"瓜子头"，特点是两边剪短剪薄，但不"铲青"，上面略带刘海，刘海剪出一个弧形，有点像瓜子的形状。

三

年初六，我到小区门口那家理发店去理发。

前些天从门前经过时，已认真看了贴在大门上的通知："新老顾客们新年好！本店从即日起放假，正月初六上午九点正式营业。祝大家大展宏'兔'！万事顺遂！2023 年 1 月 21 日。"

"这是谁写的通知啊？简明扼要，考虑周全，'细节决定成败'，难怪该店生意一直挺好。"我心想。说明一下，"大展宏兔"可不要以为人家写错了，因为新年是兔年。

"超超好！小施好！大家新年好！"进了理发店大门，我先跟大家打招呼。

"您理发啊？我先给您洗头。"我熟悉的超超是个男孩，专门给顾客洗头的。

"是的，店长在吗？"我正常请店长给我理发。虽然价格稍微贵点儿，但店长手艺的确好。

"店长还在回来的路上呢，下午才能赶到。"超超告诉我。

店长是外地人，估计是自己开车过来，需要点时间。

"那，'小帅哥'有空吗？"以前我来理发，经常看到一个年轻人，他给小孩子理发较多，不仅发型设计得好，手上功夫也很了得，哪怕小孩不停地动来动去，他都可以剪得很匀称，整个看上去挺舒服。

"他也得等呢。正在理着一个，还有一个等着吹头发。"超超继续回答。看来店里"首问负责制"执行得不错。

"'辫子哥'呢？"长得白白胖胖，留着短发但后脑勺总盘着小辫子的"辫子哥"，也曾给我理过，我比较满意。

"他暂时也没空。嗯，赵哥马上就好了，请他给你理吧？"超超倒像是大堂经理了。

"赵哥是谁呀？"听称呼还真不熟悉，但我心里猜想应该是他。

"你应该认识的，也是我们店的老理发师了，年龄比较大点儿。喏，就是他。"超超朝一位理发师指了指。

哦，果然是他！上次给我理了个"折扇头"，之后让我颇费周折。

上次的情景，一下子重现在我眼前……

四

那是一年之前的事情。

一天，因为正常给我理发的店长和卢师傅（现已离开，下称小卢）都正忙着，等他们给我理的话需要等较长时间，我就选了另一位有空的师傅。

"剪个头发而已，何必那么固执与呆板呢。"当时心想。

"两鬓比较直地向上，薄薄的，但不要贴着头皮；上面的头发剪短一点，不过也别剪成'碎发'那样子。总体尽量不要有新剪的感觉。"因为头一次请这位师傅剪，我需交代清楚。

同时心想，在这儿剪了五六年了，店长和小卢给我剪的时候，其他理发师也都在，能够看得见的。

剪完以后，我戴上眼镜对着镜子好好看了一下，"不对！基本不是我原来的发型。"我心里"咯噔"了一下。

鬓角推得偏高了点，然后斜斜地向外，角度有点大。像什么呢？像一把折扇，当然是折扇的上半部分，好在扇子打开的面也不是很大。总而言之，比较传统的感觉。

"这次剪得……两鬓推的线条看着有点儿怪怪的。"刚到家，老婆就对我说。

"是的，店长和小卢都忙着，我不想等太久，就请了其他师傅给剪了。"我站到镜子前，拿了把梳子，尽量将两鬓往里压。

好不容易挨了两天，到底没忍住，第三天利用中午的时间到店里，请那位师傅给重新修了一下，将两鬓向外突出的部分修剪得薄了一些。

"你自己说不要有新剪的感觉的。"理发师对我解释，"这样一修，就看得出是新剪的了。"他又补充了一句。

"嗯、嗯……可能我自己没说清楚。"我迟疑了一下，没多说。

其实也不必太在意，"发如韭，剪复生"嘛。

转眼又十多天过去了。

没多久区里将召开两会，头发上次剪得有点问题，我得趁早重剪一下。

然而，那天可能因为天气严寒，小区门口的理发店早早关了门。

"到附近另一个店去看看。"我不愿再等待。想到的事情立刻就要做到，不知这秉性究竟属于优点还是缺点。

运气还真不错，另一家店亮着灯。走进去，有人正在理发呢。理发师是个年轻人，个子较高，长得蛮帅的。

等别人理好，我头也刚刚洗好了。

"怎么剪？"帅哥问我。

"鬓角不要推得太高，薄薄的、直直地上去，但别贴着头皮。上面头发也稍微剪短一点。"我把语速尽量放慢，努力表达清楚，吸取了上次的教训。

"没几天我需要参加一个比较重要也比较严肃的活动，到时候头发最好看不出新剪的，而且发型跟现场不要有违和感。"我补充了一下。

叮嘱到这个程度，应该没什么好担心的了。

当帅哥理发师用推剪麻利地从下往上、从边上往中间一剪剪推着，我看见厚厚的头发往下落时，就知道这次已经不是我要的效果了。因为我头发本就不长，现在一下子剪掉这么多。

果然，"折扇"变成了"鸭蛋"，一头大变成了两头尖，两鬓推得高高的，露出了白白的头皮……

哭笑不得，是我当时的心情。

五

"来，坐下来吧。"随着赵哥的一声招呼，我的思绪被拉回到跟前。

"完了，今天可能又要被剪成'折扇头'了，这可怎么办？"上次教训深刻，我的确心有余悸。

我知道，一个人的习惯是比较难改变的，特别像理发这种手艺活。

可是新年之后开业第一天，硬生生拒绝人家情何以堪啊！我实在做不出来。

"嗯，好的。"我一边回答一边在赵哥面前的椅子上坐了下来。

"又遇上您了，您理发呀？"循声望去，原来是我的姨侄孙，只见他身上围着理发巾，头上夹着不少夹子。

"你烫发呀，我记得上次你父母说不同意的呢。"我笑着说。

"就是听您说大学生烫发也没什么不合适，我父母才同意的。您为我提点参考意见，最后剪什么样的发型才好。"孩子诚恳地对我说。

"你不已经烫了吗？"我有点儿不解。

"马上还要剪的啊。""辫子哥"回答，正是他给孩子"操刀"的。

"那我先帮孩子看看发型。您稍等。"我仰起脸对赵哥说，同时站了起来。

正在这时，一位留着大背头、干部模样的男士从门外走了进来。

他的发型不正符合传统的"折扇头"？我看得仔细。

"先生您好，我要跟孩子先交流一下，给您先剪怎么样？"我赶紧迎上前去。

"好啊好啊，谢谢你！祝你兔年大吉！""大背头"客气地朝我拱拱手。

"您可别客气！"我心想，谢谢您还来不及呢，您可救了我的场了。

"小帅哥，过会儿我跟孩子聊好了，你也该有空了。马上给我理一下吧。"我对"小帅哥"说。

"好的，没问题，您先聊着。""小帅哥"永远一脸的阳光灿烂。

真好！这下"瓜子头""折扇头"自得其所了。

故事里
的事

当你把箭举起的时候，我已决定了
不会再闪躲，你是唯一能伤我的射
手，不让你看我的泪在流……

飞鸟与射手

一

春节过后不久，两亲家带着双方媒人一起商量后，将桑家大女儿欣鸽的婚期定了下来：农历腊月二十六，据说这是个符合新人生辰八字又适合结婚的吉利日子。

20 世纪 70 年代后期，苏中里下河地区一个普通农村家庭，各方面条件都很一般。但作为家里七个子女的第一桩婚事，桑老爹内心是非常重视的。

桑老爹家庭成分是富农，走出门似乎处处矮人一截，儿女没少跟着吃苦受累。大女儿结婚，桑老爹拿定主意，无论如何不能委屈了孩子。

那时候农村孩子结婚，比较讲究的，男方负责三间瓦房加"三转一响"，女方嫁妆一般包括一套家具、三人沙发、几床被子及其他床上用品之类。一套家具中又包括"三门橱""五斗橱""花板床""宁波床"以及箱子、床头柜等。

农村房前屋后自己长的树多，在做家具之前一般早早地将树锯了，根据不同木料需要，采用扔进河里泡、搁在户外晾等办法，过上几个月之后请当地或外地的木匠来打家具。

桑老爹在去年入冬前就锯好了树，也分别按常规方法备好了木料，打算到春暖花开的时候，请一班木匠来家里打家具。

预约的木匠班子是村里有名的铁匠给介绍的，都说那是本乡最好的一套班子了。铁匠和木匠同是手艺人，相互之间容易熟悉。

二

转眼就到了四月份。

天气渐渐暖了起来，田野里的麦苗快速拔节，河坡上、家前屋后的油菜花逐渐盛开，整个乡村越来越美了。

清明一过，桑老爹就请了木匠班子来家里做家具。令人颇感意外的是，领头的是个年轻人，看上去就一毛头小伙子。

这个班子还真不含糊，说干就干。五号清明，六号上午太阳刚刚升起来的时候就进了场。量尺寸、剖木料，为打家具做前期工作。

桑家小女儿桑欣燕正在上高中。中午放学回来，发现家门口场地上十分热闹，抬木头的抬木头，拉大锯的拉大锯，量尺寸的量尺寸。

哎，这边有个看上去年龄应该跟自己差不多的年轻人，手里拿着墨斗和一支扁扁的笔，在木头上写来画去。

"他年龄不大，怎么就不上学了呢？"欣燕忍不住悄悄多看了几眼。他的头发较长且乌黑发亮，风一吹就飘了起来；单眼皮，但眼睛并不小，看上去明亮又有神；嘴唇稍厚，上嘴唇还微微翘起，感觉跟别人不太一样；皮肤特别白，比农村多数女孩子还要白……

"长得这么眉清目秀，年龄又小，斧头、刨子之类工具他用得动吗？"欣燕正想着时，见那年轻人将扁笔往耳朵上夹，墨汁将他的皮肤染黑了。

"喂，那个小师傅，你耳朵……"欣燕朝着年轻人喊了一声，并用手指了指自己的耳朵，示意他注意耳朵后面。突然间，欣燕内心产生一种走上去为他擦一下的冲动，立刻感觉自己的脸发烫。

被喊做"小师傅"的年轻人抬眼看欣燕，一下子愣在那儿：这个女孩子高高瘦瘦的，两条腿笔直而匀称，简直跟上海知青有得一比；脚上一双白球鞋，抽去了带子，也和知青们一个穿法，随意又洋气；她的五官端正，大眼睛，双眼皮，长长的睫毛像小扇子一样扑闪；头上简单地扎着两根小辫，农村称作"趴趴角"，人一动，"趴趴角"就上下摇晃，好像燕子在飞舞！

"你是知青吧？这么漂亮！你到这儿来干什么？自我介绍一下，我叫星键，姓傅，就是师傅的傅。他们叫我小键，你可以喊我小傅，也可以叫我小键或者星键。"小木匠傅星键感觉眼前一亮，话就不由自主地多了起来。

"我不是知青，你们打的家具是我姐姐结婚用的。"欣燕微微低着头说，怕对方看出自己脸红。

"真的吗？你们姐妹长得一点儿不像啊。你真不是知青？骗人的吧？"傅星键目光没有离开欣燕。

"我没有骗你。你忙吧。"欣燕说完，就回了屋里帮妈妈烧饭了。

三

日子一天一天过去，家具就这样正常做着。看得出这帮师傅手艺的确不错，无论家具的款式还是做工，都比本村木匠做的强得多。

星键虽是班子里面年龄最小的，却担任着领班的角色，做的过程中有什么问题需要跟桑老爹及欣鸽商量，基本都由他出面。

而这期间，星键对欣燕的喜欢也与日俱增。大家一起吃饭的时候，星键的目光常常落在欣燕脸上，桑老爹夫妇往星键碗里夹的菜，星键常常以"我不喜欢吃瘦肉，吃瘦肉不长肉""鸡蛋我已经吃得太多，身上都有鸡腥味了"之类借口再往欣燕碗里夹。

　　桑老爹和家人当然都看得出来，他们也是喜欢星键的。至于将来会怎么样，他们没去想太多。

　　面对星键越来越热情的表现，欣燕内心比较矛盾。从见星键第一眼起，就感觉他与一般农村男孩子不同，只要进入他的视线，自己总不由自主地开始紧张。可她总告诫自己，不能这么早谈恋爱，自己还要读书、考大学呢。再说，大姐下面还有一个哥哥、一个姐姐，要谈婚论嫁，怎么也轮不到自己啊。

　　不知不觉半个多月过去了。

　　欣燕的姑妈住在邻近的一个乡镇，前两天生病住院刚做了手术，因姑妈家没有子女，桑老爹让欣燕去照顾一阵子。

　　"我姑妈生病做了手术，我跟学校请了假，要去医院照顾她几天。"欣燕告诉星键。

　　"那怎么办？我不能看不见你！你别走。"星键停下了手中的活，一脸焦急。

　　"别闹。从我小时候起，姑妈对我一直很好，就像对待自己的亲闺女一样，我需要去照顾她几天。"

　　"可我真的不能见不到你！"

　　"你别太孩子气了。我去的时间不会太长。"

　　"大约多长时间？"

　　"应该不会超过一个星期吧。"

　　"这么久！你别说了，我要流眼泪了。你快去快回吧。"星键夸张地用手抹了一下眼睛。

欣燕知道星键是装的，但他那失落与不舍的表情，还是让欣燕的心不由颤了一下。

　　"其实我也会惦记你的。"欣燕看着星键，轻声却认真地说。

　　欣燕在医院悉心照料着姑妈，很快三天过去了。白天忙碌着，夜深人静的时候她就会默默地想星键。

　　姑妈为不影响欣燕上学，到第四天早晨很坚决地将欣燕赶了回去。

　　"你这是怎么了？"欣燕一进家门，就看到星键手上、腿上都裹着纱布，头发蓬乱。

　　"你终于回来了！终于回来了！"星键盯着欣燕看，不再说话，一直盯着她看，仿佛丢失的孩子好久没有看见自己的亲人一样。

　　"你离开之后，小键他就丢了魂啦。斧头砸到了手上，凿子凿到了腿上。你再不回来，我们就得送他上医院了。"一位师傅解释道，摊了摊手，露出哭笑不得的表情。

　　"小键得了相思病了，你自己说是不是？"另一位师傅咧着嘴对星键说。

　　"哎呀！我不是去照顾我姑妈吗？又不是出了什么事。你这人！"欣燕快步走到星键身边，"让我看看伤得重不重，你怎么这么孩子气？你这样子叫人怎么放心得下！"

　　"什么孩子气！我就是太想你了。你怎么去了这么长时间？"星键噘着嘴，原本有点厚的上嘴唇显得更厚了，看上去调皮又可爱。

　　"哪长啊？才三天。要不是姑妈怕我耽误上学，硬推我走，我打算照顾她到出院的。"

　　"那不要我命嘛！"

　　"快让我看看伤口。我到村里诊所去弄点消炎药回来，防止感染了。"

　　"不要！真的不要，只要能看见你，什么事都没有。你别动，让我好好看看你！"星键笑了起来，悄悄用手抹了一下眼睛。

欣燕看在眼里，她知道这次星键不是装的。

四

欣燕感受到了星键对自己的真情，内心对星键的感情不知不觉加深了。

星键对于自己喜欢欣燕不再遮遮掩掩，同时，做欣鸽的家具更加用心了，仿佛就是自己结婚用的一样。

然而，欣燕的内心也是清醒的：自己是富农家庭的孩子，才 17 岁，还在读高中呢。再说，星键年龄也还小，人长得好看、洋气，又是个手艺人，成年累月走东家、串西家。也许不久换了一户人家，遇上一个性格活泼的女孩，他对自己的这份感情可能就结束了。

天气渐渐暖了起来，真正的春天来了。

田野里、农户家前屋后，桃花红、梨花白、油菜花开成了一片金色的海洋。小河边，野连翘、蒲公英甚至"婆婆纳"，花儿都开得你争我抢、姹紫嫣红。

人们渐渐脱下厚重的外套，穿上单薄的衣裳，喜欢赶时髦的姑娘、大婶们大胆穿起了裙子。

而这时候，欣鸽的家具中两个大件"三门橱""五斗橱"已经完成了。整个橱柜没用一根铁钉，都是严丝合缝的人工榫头，一些关键部位还雕了花，真叫一个漂亮！

一高兴，桑老爹当天中午请大家喝了一顿大酒。大家纷纷敬桑老爹和星键的酒，在祝贺桑老爹的同时，感谢星键带头将欣鸽的家具做成了大家眼里的"工艺品"。

桑老爹内心十分激动，自己因为富农成分，曾经挨了多少白眼、受过多少歧视啊。

欣燕心里也很感动，看星键的眼神里多了感恩的成分。

吃完饭，趁着桑大妈他们收拾碗筷的机会，星键悄悄跟欣燕说："天气这么好，我们到外面去转转吧，庆贺大姐的嫁妆完成大半了。"

"怎么庆贺啊？"欣燕轻声问。

"我们到东面油菜田里去看菜花、看蝴蝶、捉蜜蜂，我弄蜂蜜给你吃，正好晒晒太阳、踏踏青。"星键因为多喝了点酒，脸色红红的。

"那……好吧。不过时间不能长，下午我还要上学呢。"欣燕内心被感情与感动双重温暖着，也不忍扫了星键的兴。

外面阳光明媚，空气中弥漫着花香，还有各种拼命生长着的野草的味道，四处充满春天的气息。

走过一片竹林就是大片的油菜田，菜花已经完全开了，金黄一片，引得蝴蝶纷飞，蜜蜂忙着采蜜。

"你看，这对蝴蝶多漂亮！"星键用手指着一对追逐翻飞的蝴蝶，对身边的欣燕说。

"是的，真漂亮，它们也很快乐。"欣燕被这么美的景色深深感染了。

"没准它们就是梁山伯与祝英台呢！"星键将目光盯在了欣燕的脸上。

"这不就是普通的蝴蝶嘛。"欣燕故意这样回应。

"欣燕，你愿意我们俩就像这一对蝴蝶吗？像梁山伯与祝英台。"星键专注地看着欣燕。

"呸呸呸，你这乌鸦嘴，快别乱说。梁山伯与祝英台是悲剧故事。"欣燕将目光移向蝴蝶。

"欣燕，你听我说，我喜欢你！将来我要娶你！我是认真的。"星键一把抓住了欣燕的手，他的脸更红了，"虽然我初中毕业后就学了手艺，可我会好好做，以后我养得起我们的家。等手头有了些钱，我就去做生意，做大生意，我会让你和我们的孩子过上好日子。欣燕，相信我，我喜欢你、特别喜欢你！"星键大声喊了起来："我一定要娶你！我要跟你一起到天长、到地久！"

"你……快别大声嚷嚷！给别人听见了多不好。星键，你酒喝多了吧？你这样说……真吓人！"欣燕不知所措地看着星键，她的内心既惊讶又欣喜，一瞬间，泪水湿了眼眶。

"酒可能是喝多了点儿，因为我心里高兴！但我没喝醉，我头脑清醒得很。我是认真的，欣燕，我喜欢你！你能明白的。你听，你听，我的心跳得多快！"星键将欣燕的手拉过来，贴在自己的胸口上。

星键的心跳得真快呀，"怦怦怦怦"，似乎把欣燕的手震得跟着一起跳动起来，欣燕的心不由也加快跳动起来。

"其实，我相信你是认真的！星键，你应该能看出来，我……也挺喜欢你。可我高中还没毕业，大姐年底要结婚，接下来还有大哥、二姐，很久以后，谁知道一切会怎么样。我们家是富农，大姐的婚事就因此经历了很多波折。那么久的将来，我不敢想。"说着，欣燕的眼泪流了下来。

"别哭！快别哭了，你一哭，我的心都要碎了！"星键伸手为欣燕擦去眼泪，"没关系的！时间长，我可以等啊；富农，我不在乎。真的，我喜欢你！欣燕，我就是喜欢你！我已经不能没有你了！"星键双手紧握欣燕的手，他们都能感觉到对方的手在颤抖。

"看我捉蜜蜂，挤蜂蜜给你吃。"星键突然一脸调皮地说。

"别，我哥哥、弟弟以前也常常这样做，有时会被蜜蜂给刺了。再说，蜜蜂肚子里的也不是蜂蜜。"欣燕熟悉这些，农村的男孩子谁没做过抓蝴蝶、捉蜜蜂这类事呢。

"没事，看我的！"一眨眼功夫，星键就从菜花上抓住一只蜜蜂，并轻轻挤了挤蜜蜂肚子，然后把一只手指放进嘴里。

"啊！好甜哪！味道简直太好了，你闻闻。"星键用舌头轻轻舔了舔嘴唇，将脸凑近欣燕的脸，眼里充满了柔情与渴望。

"骗人呢，我可不相信。"欣燕想别过脸去。

"是真的，味道就是特别甜，不信你尝尝！"星键一把揽过欣燕，捧起她的脸，快速将嘴唇盖在了她的嘴唇上。

"别，别！"欣燕想推开星键，可感觉全身一点儿力气也没有。他的嘴唇如此温柔、如此滚烫，有点慌乱、有点颤抖，带着酒味、带着甜味，他的眼泪流了下来，顺着面颊流到嘴边……

欣燕的心跳加快了，产生一种眩晕的感觉，脑子里一片空白……

五

猝不及防，欣燕怎么也没料到，就这样在菜花地里将自己交给了星键。

回家后，欣燕悄悄到厨房洗了把脸，拎了书包就出去了。

她没有去上学。中午闯下这么大的祸，哪还有心思去上学呢。

一个人来到离路较远、比较僻静的小河边坐了下来。河坡上油菜花依然一片灿烂，蝴蝶在热闹地翻飞，蜜蜂在忙碌地采蜜，可欣燕全然没有了看的心情。

阳光，花香，蝴蝶，蜜蜂……都是这一切惹的祸！

在那块油菜地里已经哭过了。一切来得太突然、太莽撞，没有任何预兆，没有任何思想准备。星键也许因为喝了酒，太冲动，太疯狂，一时失去了理智，几乎无力制止他，但自己头脑并没有完全失去意识，如果意志更坚定一些，如果态度更坚决一些，如果……

现在一切已没有如果。

怎么会成这样的！欣燕陷入深深的愧疚与自责之中。就这样一个人坐在河边默默地流泪。

泪水将手绢湿透了，挤干；再湿透了，再挤干……

哎呀，我才十七岁，到可以结婚还有好几年。而这次，万一怀孕了又该怎么办？真的有了孩子，这学是肯定上不成了。

本来富农家庭就得处处小心翼翼，再……父母的脸又往哪儿搁？家里人岂不要被我气死！

刚刚星键说永远爱我，以后一定娶我，还说海枯石烂不变心，否则就遭天打雷劈、不得好死，他真能做到吗？等到大姐、大哥、二姐都成家之后，还得多少年啊！他等得了吗？他长得那么英俊、那么洋气，又会说好听的话，有时还耍点骗人的小把戏，将来能一直好好爱我吗？

我是喜欢星键的，这就是爱情吗？爱到决定嫁给他的程度了吗？我高中还没读完呢。

万一有了孩子，是生下来还是悄悄给打了？

星键会怎么想，真怀上孩子，他想要这个孩子吗？

想着想着，欣燕忍不住又哭了起来，直哭得筋疲力尽，直哭得欲哭无泪，直哭到天色渐渐暗了下来。

"我得赶紧回去，否则星键一定会出来找我，那样反而会引起大家的注意。"欣燕捧起河水冲了冲脸，拎起书包往回走。

六

油菜花渐渐谢了，绿油油的菜荚长了出来，麦苗纷纷抽穗，麦田翻起了美丽的麦浪。各种水果树上的花也渐次凋谢，小小果实开始发育、生长。

而欣燕和星键担心的事也发生了，欣燕怀孕了。

未婚先孕，这在20世纪70年代的苏中里下河地区可是件大事，是一件被认为不洁身自好、伤风败俗的大事。

如果欣燕听大姐的话，由大姐陪着悄悄到外乡做个流产手术，然后找个理由休息几天，应该也不会有什么影响，可偏偏欣燕决定要这个孩子，她铁了心要将孩子孕育好、生下来，哪怕以后星键不娶自己。

　　"星键，真是担心什么来什么。现在，孩子已经投胎来到了人世，不管家里人怎么反对，不管别人怎么说，不管以后遇到多大的困难，我都不会抛弃孩子，我是一定要这个孩子的。星键，你后悔吗？"欣燕声音不大，但态度坚决。

　　"的确是来得太突然了，我不后悔！我说过，我一定会娶你，欣燕，你放心！我不会辜负你的。可是这太委屈你了，要了这个孩子，我们特别是你的一切都将改变，你能接受吗？你再好好想想吧。"星键用双手紧紧抓住了欣燕的手。

　　"不用再想了。起初，我的确后悔过，也担心、害怕过，更曾经无数次责怪过自己。是时间，一天一天的时间，让我明白自己对你的感情、对可能到来的孩子的感情究竟有多深。星键，我喜欢你，我爱你！从看到你的第一眼起，虽然我一直告诉自己应该躲开你，但没办法，也许这是命中注定的。我已想清楚了，孩子是无辜的，我会生下来并好好抚养。如果你不想要，也没关系，我一个人抚养他。为了你，为了孩子，我愿意承受任何改变与困难。"欣燕将手轻轻放在自己的腹部，仿佛在轻轻抚摸着他们的孩子。

　　"别瞎说了，什么你一个人！既然你拿定主意要这个孩子，我还有什么话说。欣燕，你这么漂亮，我不娶你还想娶什么样的人？今后我们一起过日子，一起抚养孩子。只是太委屈你了！"星键眼圈红了，忍不住流下泪来。

　　"星键，这个时候我不希望看到你流泪，我只希望你能如你所说的，无论现在还是将来，都能好好对待我和孩子，直到孩子长大，直到天长地久。你还不太了解我的脾气，我决定的事，一般情况下别人是无法改变的。就像我喜欢穿直筒裤和白球鞋一样，我觉得好看，穿着不犯法，谁说什么我都不会在乎。你说喜欢我的漂亮，谁不喜欢年轻、漂亮呢？但漂亮有可能很短暂，特别是我，以后将天天在农村干农活，肚子里的孩子会一天天长大，也许不用多久我就成了最普通的农村妇女，这个，你要有思想准备。"说这些话时，欣燕很平静。这有点出乎星键的意料，同时也让他的内心受到较大震撼。

坚持要这个孩子，欣燕的决定把家人惊呆了，也气坏了。母亲骂过、哭过更劝过，父亲恨不得动手打她，可她就是"吃了秤砣"铁了心。

结果，在大姐结婚的时候，欣燕也悄悄离开了家人，离开了老师同学们，离开了家乡，到星键所在的乡村和他母亲一起过日子。

离开的时候，没有嫁妆，没有婚礼，也没有送亲的队伍。

七

就这样走进了傅星键家，欣燕和傅妈妈一起开始了她的种地生活。

书包收了起来，这辈子再也用不着了。"趴趴角"小辫剪了，剪成了齐耳短发；白球鞋给穿上了鞋带，下地干活一般也不穿它们；裤子不再是那种能显示长腿的小直筒，宽松点儿好干农活。

没结婚直接离开了娘家，欣燕因此较少回娘家去，就是回去基本也不让别人瞧见。倒是有一些过去要好的女同学和邻居们结伴来看她，看见她变化很大，免不了为原来清纯漂亮的女学生就这样突然消失了而唏嘘与感叹。

见她活得健康、淡定，特别是后来主动告诉同学、朋友们孩子还有多久将要出生，大家心里也就渐渐不再为她难过。

第二年春节过后，欣燕生下了个女儿。孩子遗传了两个人的优点，那真叫白白胖胖、端正水灵，两家人个个见了都喜欢。欣燕和星键商量后给女儿取名"晓俐"，祝愿孩子聪明伶俐。

这时候，改革开放的春风吹遍神州大地，苏中里下河地区也和全国各地一样，处处涌动搞经济、做生意的浪潮。

星键的思想是解放的、思维是活跃的，他曾对欣燕说过，将来要做生意，要做大生意，要让她和孩子过上好日子。他没有食言，孩子刚过周岁他就放下了木工手艺，跟朋友一起到县城合伙开了家贸易公司。

丢下斧头、锯子等木工家伙，离开刨花飞扬的场地，穿上整齐的西装，戴上鲜红的领带，脚蹬锃亮的皮鞋，手拎公文皮包，星键的形象真不是一般农村青年，不，真不是一般青年能比得上的。夸张一点说，与当时比较流行的日本电视剧中的男主角都有得一拼。

公司开张不久，事务总是十分复杂而繁忙的，几个人又都是新手，很多东西需要学习、摸索。星键经常公司、家庭两头跑，有时候深更半夜才骑着摩托车回家。欣燕心疼他，让他时间紧张的时候就不要赶回来了。

"这怎么能？你为了我和孩子，牺牲了那么多，我多跑点路算什么。再说，我也想你和孩子呀！"星键边说边抓起欣燕的手。

这时候，欣燕的手上已经布满了老茧。成天干农活、带孩子，怎么可能还细皮嫩肉的呢。

"你看，我手上这么多老茧，你还习惯吗？星键，你要好好做生意，争取不久的将来我也到县城去找份工作，我们能天天生活在一起。否则，你总心挂两头，跑得太辛苦了，而且我们之间也会慢慢产生距离。"欣燕望着星键，认真地说。

"欣燕你放心，我一定好好干，尽快将你和孩子一起带到县城去。到时候，你就专心带孩子，做全职太太，我一定能养活你们娘儿俩。"星键对自己有足够的信心。

八

傅妈妈早年守寡，一个人将星键弟兄俩拉扯大。

星键有个哥哥，已经成家并生了个女儿，夫妻俩都在一个乡办厂里上班。

原来傅妈妈一个人种着五六亩地，农忙时星键和哥哥嫂子回来帮忙突击一下。自从欣燕来到傅家之后，傅妈妈的压力一下减轻了很多。傅妈妈对欣燕打心眼里喜欢，欣燕年龄又小，傅妈妈就把她当自己的亲闺女看待。

欣燕走进傅家门后，虽然身上从里到外仍然清清爽爽，但角色已经完全转换了；尽管还没到结婚年龄，她从内心已把自己当成了傅家的媳妇。

"把日子过好，将孩子抚养好。"是欣燕反复叮嘱自己的，也是她生活的全部意义。

时间过得好快，转眼晓俐已经快五岁了。

眼见孙女一天天长大，思想观念还很传统的傅妈妈很想抱上孙子。

一天中午吃好午饭后，傅妈妈很快收拾好碗筷，让欣燕坐下来，"妈想跟你说个事情，说件比较重要的事情。"

"妈您说吧。"欣燕抬头看着傅妈妈。

"欣燕哪，最近乡里公布了政策，只要家里领养一个孤寡老人包括自家亲戚，就可以生养二胎。星键他爸去世得早，他在世时就想抱上孙子。现在晓俐马上五岁了，我们能不能也领养个老人、生个二胎？妈当然知道这几年你辛苦了，以后妈多帮你带孩子。"傅妈妈拉着欣燕的手，亲切而又认真地说。

"妈，我们带晓俐、种地还不够辛苦吗？平时星键又没什么时间，也不见他拿多少钱回来，这日子过得已够苦的啦。如果再领养个老人，再生个孩子，我这哪里还有去城里找个工作的可能？恐怕就要种一辈子地，一直守在这儿了。"欣燕有点急了，这几年自己所受的苦、受的委屈还不够多吗？可又能跟谁说去！

"妈这不是跟你商量嘛！我当然不会为难你。如果能抱上孙子，不光我将来走的时候会将眼睛闭得紧紧的，星键他爸在天之灵也一定满足了，我们那是真正能安息了。"傅妈妈说到动情处，不由落下泪来。

"妈，对于我来说这是个特别大的大事，可以说和我决定生晓俐是差不多大的事情。现在星键回家的次数越来越少，我却成了地地道道的农村妇女，我们之间已经有距离了。要是家里再领养个孤寡老人，我再生个孩子，必然会更加忙碌、更加辛苦，我也老得更快，后果都不敢去多想。我那些曾经的梦想包括到县城上班，也许永远都是个梦了。"

欣燕所考虑和担忧的一点儿没错，现在星键忙得一个星期回家一趟都比较难了。

傅妈妈不是不明白再有个孩子将会多辛苦，也不是没想过这对欣燕可能带来的影响，可她的思想实在太守旧了，她就是想抱上个孙子。

"欣燕哪，就算为了年轻时就守寡的妈，就算为了了却早年就死去的星键他爸的心愿，再委屈一次吧。有妈呢！妈不会让你吃太多苦的。再说，领养个老人，也是为社会、为别人做贡献，否则，公家会出这个政策吗？"傅妈妈抱孙子心切，继续动之以情、晓之以理。

一时，欣燕感觉十分为难。

不知道是不是娘儿俩商量好了的，此后星键回家的次数增多了，带回来的钱也多了起来。

而领养老人的事，在村里的支持下，星键以他一贯的聪明活络很快操办完成，领养的是一位痴呆老人。

经不住星键的软磨硬泡，更经不住傅妈妈的反复诉说与落泪，欣燕又怀上了孩子。

只是怀上孩子之后，星键回家的次数又越来越少了。

有人婉转地告诉欣燕，听说星键外出谈业务时，常常带上被称作公司"办公室主任"的女人。"办公室主任"还常常换人，都是年纪轻轻、打扮时髦的女人。

欣燕隐隐感觉她所担心的事情可能会发生。她想跟星键好好谈谈，也想到星键公司去看看情况，可是，晓俐、老人、庄稼和肚子里的孩子……她又忙又累，实在无暇顾及星键。

十月怀胎，一朝分娩。在医院待产的欣燕左等右等，没等来星键，等到的却是村主任和办案人员带来的星键因诈骗和强奸妇女而被关进了看守所的消息。

九

又一个孩子出生了，果然是个男孩儿。

欣燕征求星键意见后给他取了个普通的名字：晓聪，和姐姐的伶俐一个意思。

娘家有人建议不要叫这个名字，因为星键就比较爱玩些小聪明。欣燕却不信这个，孩子聪明有什么不好呢？她相信自己能把孩子带好。

星键的情况也已经明了。虽然是公司两个女人因争风吃醋而挖了坑、星键因喝醉酒而中了招，但人是被捉了个现场。

至于诈骗，无论情况如何特殊，承诺高利息却连本都不还，钱根本没进公司账户，这是不争的事实。

两罪并罚，星键被判刑五年半。

家庭财产都用来偿还星键诈骗却不知用在哪儿的钱财，欣燕他们只剩下三间住房和一些生活用品。

从此，欣燕开始了和婆婆一起带着两个孩子并供养一个痴呆老人的生活。

孩子生病、痴呆老人走失、庄稼收和种、家庭开支窘迫、婆婆想念儿子伤心难过、村里心术不正的男人骚扰……

欣燕所受的苦和累，真是怎么说都说不尽，犹如一句古诗"问君能有几多愁，恰似一江春水向东流"！

同学、朋友再来看她，真不敢去想当年那个绑着"趴趴角"、穿直筒裤和白球鞋、跟知青一样漂亮的女孩子。

到县城找份工作，一家人天天生活在一起，这样的梦想也像肥皂泡一样彻底破灭了。

没有表现出太多的怨恨，也没有找律师代理办什么离婚的事，欣燕将更多心思和精力花在了两个孩子身上。她对两个孩子的要求相当严格，也天天将他们全身上下收拾得干干净净，左邻右居和学校的老师无不夸孩子们品学兼优。

晓俐自小就立志当一名医生，好保障妈妈身体健康、回报妈妈，后来如愿考上了一所医科大学，学习临床医学专业；晓聪则对数字比较感兴趣，顺利考上了一所财经大学，学习金融专业，并接着读了本校的研究生。

看着一双儿女长大成人，欣燕觉得自己所走过的路，无论对错都值得，曾经吃过的苦，即使再多也都愿意。

也许是牢狱生活改造了他，也许是欣燕不离不弃的坚守感动了他，或者是多方面因素共同影响的结果，星键出狱之后，回归了家庭，并和几个发小一起承包了一处水面，搞起了螃蟹养殖。

在本省，除了苏南阳澄湖大闸蟹，就数苏中里下河水乡地区红膏蟹有名气。星键他们经过一番摸索之后，收入倒还不错。

十

50 岁那年，欣燕总是咳嗽，有时还咳出血来。到省城医院仔细检查后，结果是肺癌。

经过全力治疗以及晓俐的悉心照料，病情曾有过明显好转。但过了四年多，旧病又复发了，而且越来越严重，治疗也渐渐不再有什么效果。

晓聪结婚那天，欣燕穿上一身紫红色的中式衣服，虽然人已瘦得不行，但修长的身材、大大的眼睛还能看出年轻时的影子。

看着儿媳身披婚纱，听着司仪与嘉宾一声声"新郎新娘新婚快乐，百年好合！"的祝福，欣燕内心百感交集。

自己这辈子从未披过婚纱、穿过结婚礼服，也没听过一声关于"新娘"的祝福。

什么时候成为星键的新娘的？是17岁时那个空气中到处弥漫着油菜花香的中午？还是悄无声息跨入傅家大门的那一天……

十一

转眼又到了人间四月天，桃花红、梨花白、油菜花开成了一片金色的海洋。

一个星期天的上午，欣燕将晓俐、晓聪两对儿女喊回来，说想一家人聚聚。

星键一早到水产市场销售螃蟹去了，说是中午能赶回来。

天气真好啊！阳光明媚，空气中弥漫着阵阵花香，令人陶醉。

"你们用轮椅推我出去走走吧。"吃完午饭，欣燕对孩子们说，"阳阳，你也跟外婆出去走走。"小外孙已经上幼儿园了。

在一块油菜花田旁边，欣燕让孩子们停了下来。

"你们看，油菜花开得多好啊！蝴蝶飞得多快乐，蜜蜂采蜜多忙啊。"欣燕缓缓抬起手来，指着眼前的油菜花、蝴蝶和蜜蜂。

"你们几个要相互爱护、相互体谅，好好过日子。如果哪一天有谁实在太累了、厌倦了，不要过分勉强、为难了自己，青春太短，生命可贵。"欣燕慢慢转过头，看着孩子们。

"嗯，妈妈，我们一定好好过日子。"

"妈妈您放心，我们会好好过的。"

"阳阳，过来让外婆好好看看。我们阳阳长得多俊哪！你要多吃饭，要好好学习，做个好孩子。"欣燕将小外孙喊到身边，拉住他的手。

"婆奶奶，我就是个好孩子。"阳阳将头靠在外婆身上。

"晓俐，放一首歌给妈妈听听，那首歌的名字叫《飞鸟与射手》。"

"好的，妈妈。"晓俐打开手机上的播放器，舒缓、动听的音乐响了起来：

就这样走到世界尽头，我们都没有回头，爱只是一场海市蜃楼，所有的美丽都是虚构。就让我用最后的自由，去成全你的追求，如果你的泪为我而流，我是真的别无所求。当你把箭举起的时候，你的表情是如此的温柔，在我心上留下一道伤口，那是你给我的天长地久；当你把箭举起的时候，我已决定了不会再闪躲，你是唯一能伤我的射手，不让你看我的泪在流……就让你把我的心带走！

"叮铃铃"，音乐突然停住，电话铃声响了起来。

"爸爸，你回来啦？我们在屋后油菜田东面呢，过会儿回去。你马上过来？好的。"晓俐接了爸爸的电话，并告诉妈妈，爸爸已经到家，马上过来。

"哦，飞鸟与射手！星键他，回来了！"欣燕看着一片金灿灿的菜花，闻着油菜花、桃花、梨花和各种野花、野草的清香，慢慢闭上了眼睛。

山的那边，是海

一

这是一所地处山区的初级中学。

"邓总，这是林老师，林岚。教音乐的，兼任学校的会计。"李校长向邓旭昇介绍刚刚走进办公室的一位女孩。

邓旭昇站起身，并向前欠了欠身子："你好！我是邓旭昇。麻烦林老师了。"

他仔细打量着面前的林岚，好年轻啊！一张娃娃脸，还带着点婴儿肥呢，大眼睛，长睫毛，小巧又显得肉嘟嘟的嘴唇……看上去特别舒服，有味道！

邓旭昇感觉自己心跳加速，简直……有点热血沸腾了。

"林老师，这是邓总，有笔款需要付一下。"李校长接着介绍道。

"邓总您好！请您把发票提供给我，我们按程序审批之后，尽快付款给您。"林老师轻声说道。

邓旭昇觉得林岚说话的声音也好听，到底是音乐老师。她的脸型、她的短发以及整齐却不显呆板的刘海，很像过去看过的一部老电影里面的人物，只不过那是个孩子，林老师应该是那个孩子长大了的模样。

哦，想起来了，是《城南旧事》，那个小女孩名叫"英子"。邓旭昇在脑子里快速搜索后，想了起来。

得赶紧留下她的联系方式，邓旭昇不想放过机会。"林老师，不介意的话，我们加个微信吧，便于联系。如果需要我提供什么手续，随时发个信息来。我来扫你吧。"

不等林老师同意，邓旭昇从口袋里掏出手机，打开了微信。

在备注林岚的名字时，他特地在前面加了个"A"，以保证排在通讯录的最前面。

"这个女孩，我喜欢！"邓旭昇在心里说。当林老师离开时，他的目光追随着她的背影，直到看不见。

邓旭昇的神情，逃不过李校长的眼睛。

"邓总怜香惜玉啊！我们林老师长得端庄秀气，又是音乐老师，钢琴和古筝弹得都好；因学校工作需要，她还考取了会计资格证，是个才女。不过，人家男朋友就是我们学校的体育老师，也是帅哥。"李校长跟邓旭昇开着玩笑，"当然，邓总是大帅哥，而且是成功人士，肯定是俘获女孩子芳心的超级'杀手'！现在正是春天，春天是播种的季节，哈哈……"

"'人同此心，心同此理'，李校长真善解人意啊！不占用您宝贵时间了。哦，带了条我们老家的地产香烟给您品鉴，也算为我老家的企业做广告。听说这烟口感不错，李校长不要转送别人哦。"说着，邓旭昇将一只鼓鼓囊囊的牛皮纸材料袋塞进了李校长办公桌的抽屉里。

二

20多年前，邓旭昇在当地一家知名企业做产品销售。

后来，跟着亲戚一起"跑试卷"，也就是向学校推销试卷。不久以后，邓旭昇一个人单干。

近些年，他两方面的生意都越做越精，个人拥有的资产也快速增长。"不差钱"的邓旭昇并没有像其他土豪一样变得肥头大耳、大腹便便，虽然年近五十，但看上去依然十分年轻。

由于长年坚持健身，他的身材匀称，胸大肌、背阔肌甚至腹肌等均比较发达。平时，特别是夏天穿着弹力运动装晨跑时，"回头率"仍然较高。

他的脸型和五官也很有特色，鹅蛋脸、八字眉、鹰钩鼻、较薄的嘴唇……有人说他像香港的一位影视歌三栖明星，也有人说他像20世纪90年代内地一位男影星。

到四处高山耸立的西部某省"跑试卷"时间虽然不算长，但收获不小。西部山区的物品丰富程度及消费层次跟邓旭昇老家所处的东部沿海地区相比，还是有较大差距。他的座驾，无论停在哪儿，都会引起人们驻足围观。

邓旭昇通过李校长了解到，林老师是家中独生女。父亲也是教师，教学在当地有点名气；母亲原是纺织厂工人，现已退休。

过了几天，邓旭昇送发票给林岚。

发票交给林岚之后，他没有马上离开。"林老师，听说你教学生弹钢琴呢。我也是音乐爱好者，古筝我可能学不来，但钢琴应该能学会。键盘乐器，音调好把握嘛。收下我这个学生吧，我想跟你学钢琴，不知是否会有这个荣幸？"

"邓总开玩笑的吧？我是带学生，但都是孩子。有些学生家长倒也跟着学习，但那属于陪伴的范围，不是他们自己学。"林岚实事求是，成人学琴的并不多。

邓旭昇发现，林岚一笑起来，便有两个浅浅的酒窝，更显可爱，令他产生一种想亲吻她的冲动。

"我是认真的。少年时期爱好音乐，却没有条件学习；现在条件具备了，可以圆上自己一个音乐梦想。我了解过，这儿上一堂钢琴课学费是150元左右。我是成人，人笨手拙，上课时干脆两堂课一起上，学费500元每次。短期内反正不用离开这儿，我可以边做生意、边学琴，一举两得。"钱，对于邓旭昇来说，不是问题。

对当地学琴的费用了解得如此清楚，表明他是真心想学。

"您会什么乐器吗？五线谱识不识？"林岚见邓旭昇说得诚恳，便认真起来。

"乐器我会呀，会吹竹笛、口琴，二胡也能拉些简单的曲子。竹笛我吹得熟练的曲子还不少，比如《太湖美》《知道不知道》等民歌风格的。口琴除了节奏明快的曲子吹得熟练，不少苏联歌曲像《莫斯科郊外的晚上》《红莓花儿开》之类吹得也不错。五线谱？那些'小蝌蚪'认识我，我却不认识它们，哈哈……不过，简谱我倒掌握得不错，旋律熟悉的曲子我不用看曲谱，跟着感觉就可以吹出来。"眉飞色舞地说完，邓旭昇侧头看着林岚，脸上露出期盼的表情。

"真能跟她坐在一起弹琴，将是多么美妙的事情！"邓旭昇暗想，一瞬间感觉自己又热血沸腾起来。

"听您刚才一番介绍，感觉您对音乐的确比较爱好。真学的话，我们就从零开始，用'小汤'教材，和孩子们一样。"林岚认真地说。

"至于学费，每次两堂课一起上的话，我收300元。您'不差钱'，可以捐一些音乐器材给我们学校。我代表孩子们谢谢您！"林岚笑了起来，露出两个浅浅的酒窝。

"明天就开始吧，我可等不及了。请老师放心，我肯定是个好学生。"邓旭昇看着林岚，眼里尽是渴望，"林老师，我现在是你的学生了，以后请喊我'邓旭昇同学'或者'旭昇'。"

"那，我们本周就开始。时间固定在每个星期天下午，怎么样？一旦开始学就要认真学下去哦，不可半途而废。"林岚仍然微笑着。

"好啊！老师怎么定怎么好。"邓旭昇往前走了一小步，靠近林岚，"哎，林老师，有没有人告诉你的脸能醉人？因为你脸上有两个酒窝，酒窝里能盛酒啊！我……喜欢喝酒。"邓旭昇突然红了脸，好像真喝了口酒似的。

三

听说有做生意的老板要到家里来学琴，林岚的父母起初颇感意外，也不赞同。

后来，看到邓旭昇身材健美、风度翩翩，说话谈吐温文尔雅，而且每次学费达 300 元，他们也就同意了。

到林岚家来上课，邓旭昇常常带些礼物来，是外地的一些土特产，也不贵重。

当宽大豪华的汽车停在林家大门外时，一家人都感觉比较自豪。

邓旭昇的悟性还真不错，不仅五线谱学起来轻松，弹琴也表现出较高的天赋。

他对音阶音调的辨识相当敏感，包括黑键的变化音一旦出错自己都能听出来。一首简单的曲子弹过两三遍之后，就能记住曲谱，不用再盯着教材看。对于手指位移跨度不太大的曲子，他在弹的时候都不用看键盘。

林岚教得比较轻松，也从不吝啬表扬、夸赞之词。

一次，上完课之后，邓旭昇没有急着离开。

"要不要听听我的故事？"邓旭昇笑着问，一脸坦诚的样子。

"嗯，如果你愿意讲的话，不妨说来听听。"经过一段时间接触之后，林岚对邓旭昇颇有好感。

"我呢，生长在农村，小时候家庭条件比较差。大学读的专业比较冷门，农村孩子急于'跳农门'嘛，对于高考志愿填报并不十分慎重。毕业之后没有在自己的专业领域工作很久，就进入当地一家企业做销售。后来，结婚、生子，是个女儿。由于有几个亲戚常年在外推销试卷，日子过得不错，我就跟着他们'跑试卷'。当然，推销企业产品的生意也没有丢下。就这样，条件慢慢好了起来，该有的东西渐渐也都有了。"说到这儿，邓旭昇停了下来并轻轻清了清嗓子，脸色变得凝重起来。

"可能因为我常年在外，我前妻感觉太寂寞了，她有了外遇。结果，我们离婚了，女儿跟了她妈妈。哦，我前妻是我中学同学，结婚前她家跟我家是邻居。"邓旭昇沉默了一会儿，"我现在是'一人吃饱，全家不饿'，又成了'快乐的单身汉'。"

"嗯，听起来是有点令人伤感的故事。你也挺不容易的。"林岚起身为邓旭昇倒了杯开水，"那你后来一直没有遇上合适的人吗？"

"一直在外面奔波，也希望能多赚点钱。孩子学习包括出国读书，费用都是我提供的。所以没太顾得上这事，也或者，没有碰上跟自己真正有缘的人吧。但现在好像碰见了。"邓旭昇抬起头，看着林岚，他的眼里仿佛有一团火焰在燃烧。

林岚感受到邓旭昇目光的灼热，脸上不由一阵发烫。她知道自己脸肯定红了，一时有点不知所措。

"这么清纯的女孩子，太可爱了！"邓旭昇心想。他越发喜欢林岚了。

"我一直相信'善来者善往'，好人终会有好报。我想自己再练会儿琴。"说着，林岚坐到钢琴边，翻开琴谱。

巧了，林岚随手翻开的一页，曲子是《交换舞伴》，这是美国电影《钢琴师》的主题曲：在梦幻的旋律中，我俩共舞着华尔兹，当他们喊着"交换舞伴"，你舞着华尔兹离我而去。我的怀里感到如此空虚……直到你又在我怀里，然后亲爱的，我再也不愿交换舞伴！

四

转眼，春天过去，初夏到来。

邓旭昇的钢琴课上到了"小汤"第三册，双手弹奏、和弦的运用等，已基本入门。

偶尔，林岚跟邓旭昇一起弹奏些简单的四手联弹。当他们的手触碰到的时候，邓旭昇总感觉似有一股电流传过来。

他们之间渐渐有了一种默契，对方的一个动作、一个表情，不用多想与多问彼此就能领会。

"岚岚，今天上完课后，我们去爬山吧？我的家乡连一座山也没有，我实在太想去爬山了。"邓旭昇笑眯眯地说。

他们之间的称呼，已很自然地改了口。

"干吗？今天心情大好？那好吧，我们抓紧上课。我带你去爬最高的山峰，有没有决心？"林岚的情绪被邓旭昇感染了。

"当然有决心。虽然我年龄比你大了很多，但我体质好啊，别忘了我一直跑步和健身的。看我手臂上的肌肉！"邓旭昇脱下西服，卷起衬衫袖子，弯起了胳膊，做了几个健美的动作。

别说，他不仅肌肉发达，凹造型也挺有范儿。

"那我们赶紧上课吧。你先把上一节课的曲子弹一遍。"

"没问题！前两天我买了台折叠钢琴，一直带在车上，出差时也不中断练习。还有比我更用功的学生吗？给我个奖励吧？拥抱一下！"说着，邓旭昇张开双臂抱了抱林岚。

林岚没料到邓旭昇会突然拥抱自己，脸一下子红了。她突然意识到，对于邓旭昇的亲昵动作，自己并不反感甚至是有些喜欢的。

"别闹了，我们上课吧。不希望早点儿去爬山吗？"林岚是个害羞的女孩，而弹琴是最好的掩饰。

下课后，他们一起去爬山。

林岚是在山里长大的，爬起来一点儿不费力气，邓旭昇从没间断过锻炼，也不甘示弱。

山坡较陡的地方，邓旭昇总会及时伸手拉着林岚，林岚嘴上说"不用"，但也不拒绝。

邓旭昇的手可真有力量，长期健身掌上形成的老茧硌得林岚手心发痒，总忍不住要笑。

不长时间，他们就登上了山顶。

"到前面山崖边围栏那儿去吧，我们来扮一回《泰坦尼克号》中的露丝和杰克。"邓旭昇咧嘴笑着说。

"你这是什么创意？人家那是海，我们这是山。"林岚笑着问道，两个酒窝越发迷人。

"岚岚，你太可爱了，就是个小可爱！你比露丝更可爱！我会像杰克那样保护你！"邓旭昇快速伸出手，勾起食指刮了一下林岚的鼻子，而且没有马上收回手，他将指头轻轻按在林岚肉嘟嘟的嘴唇上。

"欺负人！"林岚轻轻推开邓旭昇的手。

"岚岚，给你看一样东西。"说着，邓旭昇从口袋里掏出一把钥匙。

"这是汽车钥匙，一辆老款'路虎'的钥匙，但车是新的。人家抵充货款给我的，价格很便宜，可不是专门为你而买。你那辆太旧了，开着也不太安全，不如早点换了。"邓旭昇抓起林岚的手，把钥匙放到她手上。

"这可不行，'无功不受禄'，何况是贵重的汽车。"林岚坚决不肯接受。

"就算我提前交点儿学费，反正钢琴没有六七年也学不好。如果你不肯接受，那我就不跟你学琴了。"

"这跟学琴是两码事啊！汽车实在太贵重了。如果我接受了，我们之间就不再平等了。"林岚头脑是清醒的。

"岚岚，你就这么不信任我吗？不过是辆抵充货款的老款车而已，又不是花大价钱买的。你也是会计，权当货款收不回来成了呆账，这车不就等于捡来的？你就这么见外？知识分子看不起我们生意人？你再拒绝，我就把钥匙扔进山沟里。"邓旭昇做出要扔的样子。

林岚心里犯了难，她不想欠邓旭昇人情债，又不忍心因拒绝而令他难堪。

一时他们谁也不再开口说话，气氛显得有些尴尬。

"那……我就先开着，但车还是你的。谢谢你！旭昇，你对我实在太好了！"林岚伸手接过钥匙的同时，用手背轻轻擦了擦眼睛。

五

天气渐渐热了起来，真正的夏天到了。

"岚岚，下周六我带你到省城去玩玩吧，我也好久没出远门了。你去过大的酒吧吗？那里面可热闹了。高档的酒吧里音响效果特别好，我们可以零距离欣赏乐队的演奏。"上完钢琴课，邓旭昇向林岚建议。

"嗯……没怎么去过那些场合。你很想去吗？"林岚看着邓旭昇，一时不知道自己该不该答应。

她也时常审视他们之间的感情，她相信邓旭昇是真心喜欢自己的。学钢琴，固然有喜爱音乐的成分，但更多是为了接近自己；送"路虎"车，说是抵充货款的低价车，但毕竟是名牌且是新车……他那热切的眼神，他那微微颤抖的手，都流露出他对自己的喜欢、对自己的迷恋。

这不是爱又是什么呢？

可是离婚、"快乐的单身汉"……都只是听邓旭昇自己说的，没见过任何能证明是事实的东西，真相如何？只有他自己知道。

即便他的喜欢是真的、爱是真的，如果他并未离婚，那自己和他相爱不就成了他情人了吗？"小三"，多么难听、多么令人羞耻的字眼。

再说，邓旭昇长年在外做生意，以后换了一个地方，他的心还会在自己身上吗？

想到这些，林岚就觉得心里不踏实。

"我跳舞一般般，不太喜欢跳那种劲舞，喝酒更没酒量。你经常出入这些场合吗？"林岚对酒吧没有太高的热情。

"是陪客户需要。当然，有时候我也喜欢放松一下自己。再说，大家都不去玩儿，酒吧不就没法营业下去了吗？你是会计，比我更懂这些。"邓旭昇的话听上去不仅诚恳，还似乎挺有道理。

"你呀，总能为自己找到理由。"林岚犹豫着。

"放心！你可以就看看、听听，不用喝酒。我约几个好哥们，人不多。相信我，不让你喝酒，我拍胸脯保证。"说完，邓旭昇真的用力拍着胸脯，林岚都听得到"嘣嘣"的响声。

"那……一起去吧。"话说到这个程度，林岚觉得再拒绝也没有理由。

这时候，林岚学校的老师们都已知道她教着一位老板学生，停在学校停车场的红色"路虎"，无言地诉说着她和"学生"之间说不清道不明的关系。

而原来和她恋爱的体育老师，已经在同事们的异样目光中知难而退。或许，山区小县城的男孩思想还比较保守，无法接受自己的女友"手把手"地教一个男老板弹钢琴，还常常四手联弹的事实。

周六，林岚跟邓旭昇的几位朋友一起，坐着辆"大奔"去了省城最豪华的酒吧。

本来说好了不让林岚喝酒，可邓旭昇的几位朋友巧舌如簧，又是劝又是求，不停地用"林老师看不起我们这些俗人""我们喝三杯、林老师喝一杯"之类的话来激将。邓旭昇则坚持不让林岚喝，几个人敬林岚的酒他都爽快地代喝了。

邓旭昇的醉意越来越浓，而他的朋友们却越喝越来劲。"要么林老师喝一杯，我们喝三杯；要么邓总代喝，跟我们一比一。"

在邓旭昇忍不住到卫生间吐了之后，林岚不顾他的阻拦，主动提出她的酒由自己喝。

就这样，林岚也喝了不少酒。

在酒吧，邓旭昇真是"一掷千金"啊，无论酒水、饮料还是果品等，都挑最好的点单。"难得出来玩一回，只要你高兴！"是他对林岚说得最多的一句话。

回到酒店之后，邓旭昇还是忍不住要吐。为了照顾他，防止出意外，林岚留在了邓旭昇的房间。

酒意渐消的邓旭昇，反复向林岚表白自己的心迹："为了你，我愿意付出一切！""每一分每一秒都想跟你在一起！"

后来，他竟无声地哭了。

林岚相信，邓旭昇是"情到深处人孤独"！当他再次深情拥抱她的时候，她没有再拒绝。

六

学校放暑假时，邓旭昇几乎跟林岚形影不离。

"你不要总陪着我，生意不可耽误了。"林岚说的是真心话。

"没关系的，大多是老客户，我不需要天天外出。"邓旭昇抓起林岚的手，靠在自己嘴唇上，"和你在一起，世界多美丽！"

"我想跟你商量个事儿。"林岚认真地说。

"说吧，宝贝！我洗耳恭听。"邓旭昇握紧了林岚的手。

"我可能怀孕了。"林岚定定地看着邓旭昇。

"真的？那太好了。"邓长昇一把抱起林岚，开始吻她。

"别。"林岚轻轻挣脱开来，"我想问你，如果我真怀孕了，孩子你想要吗？"

"当然，我做梦都想要个儿子！要啊！我们的孩子，怎么可能不要呢？"邓旭昇极其严肃地说着。

"嗯，旭昇，你真是这样想的吗？不能骗我啊。"林岚眼泪落了下来。

"干吗骗你？我们有了爱情的结晶，这是大好事啊，快笑一个给我看看。"邓旭昇掏出面纸，为林岚擦去脸上的泪水。

"旭昇，我相信你是爱我的。这几个月来，你对我这么好，对我父母也这么好，如果靠装的话，这么长时间是装不下去，也装不像的。你为我们花钱从不犹豫，我从内心感谢你！"林岚擦了擦眼睛，"可是，关于你的全部情况，我们都是听你自己介绍的，你的父母、家人，你的过去，我其实并不真正了解。"林岚低下了头。

"我早就介绍过了呀。我出生于农村家庭，父母健在。前妻曾是邻居也是同学，女儿在外国读书。就是这样，汇报完毕。"邓旭昇表现出一脸无辜的样子，"宝贝，你真懂事，也令我十分感动，你就是老天爷赐给我的珍贵礼物。请放心，我是真心爱你的，我会爱你一万年！爱我们的孩子一万年！"邓旭昇站起身来，双手握住林岚的手，大声唱了起来："我爱你一万年，爱你经得起考验，飞越了时间的局限，拉近地域的平面，紧紧地相连！"邓旭昇一边唱，一边拥抱着林岚。

林岚被邓旭昇给逗乐了。"有没有人说过你像刘德华？"

"当然，说的人可多了，我在学校读书时就是我们学校的'小刘德华'。还有人说我更像国内的一位影星，你年龄太小，不熟悉他，我就不显摆了。我们结婚吧，就在这儿或者去省城举办盛大而隆重的婚礼。我们的孩子必须是快乐的、幸福的！"

七

不经意间，到了元旦。

随着肚子里孩子的快速生长，原来看上去特别温顺的林岚个性也似乎越来越强。她倔强地坚持，一定要到邓旭昇家乡去拜见他的父母也就是自己未来的公婆，也想去看看他家乡的那片海。

邓旭昇则劝导林岚眼下只管好好照顾自己和肚子里的孩子，等孩子生下来之后，再一起去他家乡。

"旭昇，再迟迟不去你老家，我们就别再谈结婚的事；不见到你父母，孩子我们也别要了。"林岚看似小巧玲珑的身体，关键时刻爆发出的能量却是巨大的，这出乎邓旭昇的意料。

在林岚的反复要求下，邓旭昇收拾好行李，和林岚一起开车上了路。

高速公路四通八达，也就两天时间，他们就赶到了邓旭昇家乡所在的市。根据邓旭昇的安排，他们先在市区一家宾馆住下来，休整一下，同时也让老家的人有时间做点准备。

"你先在这儿住着，我去打个'前战'。"邓旭昇对林岚说。

林岚颇感意外。"需要这样吗？我们还是一起走吧。你的家就是我的家。"

"不管怎样，你大老远来了，家里总得好好收拾收拾。我先回去看一下，很快就过来接你。你放心，时间不会长的。"邓旭昇搂着林岚的肩膀。

"那你快去快回。先带些礼物回去，代我向爸爸妈妈问好。"邓旭昇坚持一个人先回去一趟，这让林岚心里更加不安。

八

邓旭昇再回到宾馆时，是三天之后。

其间，他打了电话给林岚，说他母亲突然生病了，需要住院治疗。

开门时，面容憔悴、胡子拉碴的邓旭昇让林岚很是吃惊。"怎么这么久！妈妈身体怎么样了？旭昇，你看上去很憔悴，家里没事吧？"林岚急切地问。

"真的对不起！我在电话里已告诉过你，妈妈突然心肌梗死，去了医院，不过现在已经稳定了。"邓旭昇随手将包丢在床上，在椅子上坐了下来。

"你的手上怎么贴了创可贴？受伤了吗？"林岚看到了邓旭昇手背的创可贴。

"哦，在医院时不小心被担架划了一下，没事的。"邓旭昇下意识地用另一只手来遮挡。

林岚看着邓旭昇，突然感觉他比较陌生。

"我们去看海吧。这儿的海跟其他地方的不一样。岚岚，你不是一直想看海吗？"说完，邓旭昇起身收拾东西。

九

从宾馆出发，车没开多远，天空开始飘起了雪花。

"我老家这边这个时候下雪，还真比较少见。"邓旭昇减慢车速，放下车窗玻璃，将手伸出了窗外。

"嗯。关上车窗，好好开车吧。"林岚出神地望着车外飘飘洒洒的雪花，不再说话。

一个半小时左右，到了海边。

车辆驶上长长的引堤，视线变得十分开阔，远远看见了大海。果然，海水的颜色跟那种常见的蓝色完全不同。

"岚岚你看，这儿是淤涨型的海岸，海水含泥沙量比较高，海水是浅黄色的。我们面前的大海金光闪闪，雄浑而壮观。"邓旭昇自豪地介绍道。

"嗯，这海的确不同寻常，真有气魄。但这海，泥沙俱下，也浑浊不堪。"林岚望着海面，若有所思。

一会儿之后，汽车开上了栈桥，人仿佛置身于海面之上。海浪拍打着桥桩，发出响亮的声音；浪花高高地飞溅开来，又快速落下去；雪花纷飞，海天相连，无边无际……

到码头时，邓旭昇将车停下来，熄了火。

"岚岚，跟你说实话，这几天遇上了些麻烦，我也没有料到。嗯……这次我们就不去拜见父母了吧，先回去，生完孩子再过来，好吗？"邓旭昇用恳求的目光看着林岚。

"为什么？旭昇，你知道的，我就是要明明白白地嫁给你，这话我说过好多遍了。你有什么难言之隐？快说出来吧。"林岚用指尖使劲按了按自己的太阳穴。

"是这样的，我曾告诉过你，我的'前妻'是我同学，原来她家和我家也是邻居。但是……我还没有跟她离婚，可我真的早就不爱她了，在我心目中她就是前妻。"邓旭昇看着林岚，露出为难的表情。

"什么？没有离婚？那你始终在骗我？你怎能这样！邓旭昇，我常常会有些怀疑，但我不敢也不愿相信你一直在撒谎，你怎么可以这样骗我？"最不愿相信的事情突然成了事实，林岚又气又急，大声哭了起来。

"岚岚，你听我说。我在外面做生意这么多年，她几乎天天打麻将、购物，浑浑噩噩打发日子。我一年到头忙碌辛苦，她不闻不问。我跟她认真谈过离婚问题，那时她说：'好啊，你有心爱的人时告诉我一声，我就跟你离婚，不会拖累你。'可是这次我回来跟她谈我们的事，她又哭又闹，怎么也不同意，说要是离婚，她就不活了。她还把我的手给抓伤了，简直像泼妇。说话不算数，真是拧不清！"说完之后，邓旭昇深深地叹了一口气。

"那你怎么想的？"林岚擦了擦眼睛，抬起头来。

邓旭昇伸手去握林岚的手，林岚条件反射似的把手缩了回去。

"我当然要跟你结婚，生下我们的孩子。我要让你们娘儿俩过上好日子、给你们幸福，我有这个能力。我前妻，不是，是她，实在不肯离婚的话，我们暂时就不理这事，等以后再说。唉，我父母思想真古板，他们也不同意我的想法，特别是我母亲，一急，就得了心肌梗死，好在去医院抢救得及时。"邓旭昇下意识地挠了挠头，他的头发蓬乱，像堆枯草。

林岚听明白了，心中的委屈与怒火一下子升腾起来："邓旭昇，你是说让我做你的'小三'，我们的孩子当'小三'的孩子，这就是你口口声声说的给我们的好日子、给我们的幸福？"

"这只是暂时的。过段时间，她冷静了，我父母也适应了，我就回来跟她办理离婚手续。只要我态度坚决，她还能怎么样？她这个泼妇，再闹，绝不会有好下场！"说到最后，邓旭昇表情冷酷、咬牙切齿。

林岚看着邓旭昇，觉得眼前的他很虚伪，也很陌生。也许邓旭昇的确很喜欢自己，但他并没有及时提出离婚，而是一边说谎一边放任自己。如果不是她坚持来见他父母，他可能会想方设法欺骗自己跟他结婚并生下孩子。他说要跟老婆离婚，但面对老婆坚决不同意、父母的强烈反对以及邻居们的乡音乡情，最终会有结果吗？

"邓旭昇，你花高价学钢琴、买路虎车、去省城高档酒吧……这一切，都是精心设计和安排的吧？面对一些反常现象，面对遇到的问题，我总不愿去多想，总幻想你所说的一切都是真的，我是在自欺欺人，是对自己和孩子不负责任。你说能给我和孩子幸福，不！你错了，我不愿背负逼迫你抛弃结发妻子的骂名。你父母也不会接纳我的，若是因为我引起老人们气愤和难过，他们万一有个三长两短，我这辈子心难安。邓旭昇，你害了我、害了我们的孩子！"

林岚没再拿面纸，直接用手背揩着眼泪。

"岚岚，你别太难过了，我是真心爱你的，始终真心爱你，这你无须怀疑。岚岚，只要你和孩子健健康康的，我就一定要娶你！为了你和孩子，我愿意付出任何代价。"

邓旭昇不再说话，林岚也沉默下来。

"哗……哗……"只听到海浪拍打桥桩的声音。

"只要你和孩子健健康康的，我就一定要娶你！"林岚反复咀嚼着邓旭昇的话。"我不愿背负'小三'的骂名，更不愿祸害任何人，那么我和孩子只能不活了。孩子啊，妈妈对不起你！"林岚暗暗对自己说。

"唉，不说这些烦心事了。车里面太闷了，我们下车看看大海吧。"说完，林岚打开车门，下了车。

邓旭昇赶紧下车，跟随在林岚身边。

十

"'海纳百川，有容乃大。'不管是江河、泥沙，还是污水、垃圾等，大海都能包容，真了不起。"林岚凝视着远方。

雪依然在不停地下，海面被一层薄雾笼罩着，仙境一般。

"一切似梦似真，亦真亦幻啊。"林岚似在对邓旭昇说，又似自言自语。

"风太大了，我们上车吧。"林岚对邓旭昇说。

"地上滑，我扶你上车。"邓旭昇挽着林岚的胳膊，将她扶上汽车座椅，关上车门。

邓旭昇从车后绕过去，打开车门，上车，关上车门，系上安全带……

就在这个时候，林岚猛地拉开车门，快步奔跑至栈桥边，攀上栈桥栏杆，纵身跳了下去。

一只眼睛的代价

一

"肖媛，成功晋升正高级职称，你就是主任医师，相当于教授啦！今晚我们小聚一下，庆贺庆贺。叫李臣也参加，和我在一幢楼里上班的人，别弄得我们瞒着他似的。"唐锦飞停顿了一下，端起紫砂茶杯喝了口水，"我让办公室安排好，到港府品尚酒店订个大包间，带音响的那个999，大家可以引吭高歌。你准备一下，我们朗诵几段。"

唐锦飞担任海城卫健局局长，在当地及整个卫健系统是有名的"才子"。

"谢谢局长长期以来的关心与支持！没有您的帮助就没有我肖媛的今天。朗诵还是在那几首中选吧？新的人家可来不及准备哦。"肖媛笑意盈盈地回应。其实不用问，唐锦飞喜欢朗诵的，就那固定的几首诗歌。

"我们之间还用说谢吗？晚上见！"说完，挂了电话。唐锦飞将办公室主任张络喊了过来，"订一下港府品尚999，就今天晚上。通知酒店准备点鲜花，便于制造气氛。带一箱高度酒去，让大伙儿喝个尽兴。"

"局长放心，马上安排。我让酒店在包间放上一大束捧花，用九十九朵玫瑰制作，喜庆、吉祥，九十九，直到永久！另外再准备些单枝的玫瑰。"张主任满脸堆笑地回答。

"你别耍贫嘴了。是为肖媛庆贺一下晋升正高级职称的事。费用由我个人买单，也拿这么高工资呢，原则问题不得含糊。"唐锦飞一本正经地说。

"局长带头守规矩有口皆碑，是我们学习的标杆！"张主任近乎点头哈腰了。

接着，唐锦飞打了几个电话，约上过去在医学院比较要好的部分同学，以及同样在海城机关单位和部门当局长的几位好友。

二

"肖医师总是这样年轻、漂亮！不对，应该叫肖主任、肖教授啦，正高级职称可是正儿八经的教授了。"

"几个月不见，肖主任逆生长啦？肖教授长发及腰，唐局长，下一句怎么说来着？"

"唐局长领导有方！"

……

面对大家的祝贺，肖媛一一笑着道谢："谢谢大家！感谢大家的支持和鼓励。"对于那些玩笑话，她则采取有选择地忽略的办法。

她当然明白，成功晋升正高级职称，成为主任医师，除了自己多年的努力，局长唐锦飞上上下下的关照，包括请其他先行一步的主任医师们指点，同样举足轻重、不可或缺。

"肖医师天赋异禀，加上一直很努力，不容易，值得庆贺！诚挚祝贺肖主任、肖教授！但同志们可别总往我身上扯，应该说，肖媛的成功有李臣的功劳，对不对？当然，李臣在工会干得也不错。"唐锦飞朝李臣颇有深意地看了看。

李臣是肖媛的丈夫，原来在当地一所乡镇医院上班，自从患上糖尿病之后，身体越来越瘦弱，就被照顾调到了系统工会。

不过，能将肖媛娶回家，可见李臣当年也不是等闲之辈。

唐锦飞对肖媛好，系统内多数人有所耳闻。但传闻只是传闻。

李臣心里却是清楚的，因为那天在自家床上发现了一件特大号男士汗衫。自己瘦成这样，那件汗衫可以穿出连衣裙的效果来。

"是故意的吗？困兽犹斗，你们可别欺人太甚！"李臣在心里恨恨地想。

但他不想撕破脸皮，看看自己的身体，还是忍着算了吧。

三

酒过三巡，兴致渐浓。唐锦飞示意张络上台主持，请在座客人表演节目。

都是人精、才子，也都熟悉彼此才艺老底，加上办公室主任张络一张能说会道的嘴，可不至于冷场。

大家纷纷上台，说学逗唱，虽不比专业演员，但效果堪称惊艳，"哇""再来一个"之类的喝彩声、尖叫声，一声高过一声！

"大家说，要不要请唐局长为大家表演节目？"什么时候请唐局长登台，张主任拿捏得恰到好处。

在一片掌声、喝彩声中，唐锦飞稳步登上舞台。

"同志们、朋友们，大家晚上好！今天是个好日子，肖媛晋升正高级医师，是肖主任和李臣的喜事，也是我们卫健系统的一件喜事，而我作为系统中的一员，自然会沾上喜气。"说到这儿，唐锦飞朝台下看了一眼。

"此情此景，令人心生感慨、浮想联翩。长话短说，我为大家朗诵一首《再别康桥》，希望你、我、我们每一位都能喜欢。"说完，唐锦飞从口袋里掏出面纸，擦了擦眼镜。

"哇，唐局长动了真情，掉眼泪啰！"看热闹的不嫌事大。

唐锦飞有才，会搞气氛，大家也都知道。

"轻轻地，我走了，正如我轻轻地来；我轻轻地招手，作别西天的云彩。那河畔的金柳，是夕阳中的新娘……"

舒缓的音乐，富有磁性的声音，深情的演绎，将大家带回曾经的从前。

朗诵结束时，掌声经久不息，大家蜂拥而上敬酒、献花……

"大家说，唐局长朗诵得好不好？"

"好！"

"要不要再来一首？"

"要！"

"唐局长和肖主任共同朗诵要不要？"

"要要要！快快快！"

"好的。接下来请欣赏经典名篇《致橡树》。先鼓掌，后欣赏！"

"我如果爱你……"

几乎每一句都有人上来敬酒、献花。

现场热浪滚滚，屋顶简直快要被掀翻了！

肖媛是没什么酒量的，于是，唐锦飞主动代喝。

肖媛坚持自己喝，可唐锦飞坚决不让。

也许唐锦飞不是故意的，也许只是下意识，他的一只手总要攥着肖媛的手。

肖媛利用拿酒杯、接过花的机会抽出手来，可一会儿又被唐锦飞攥住了。

李臣看不下去了，倒了半杯红酒走上台。

"各位领导、同志们，非常感谢大家对肖媛和我的关心与帮助，我们的内心永远充满感激。肖媛没什么酒量，唐局长也喝得不少了，接下来大家敬的酒由我来代吧。"说完，李臣给大家深深鞠了一躬。

"那可不行，你身体这么瘦弱，能代酒？吃得消吗？你不行的！看你这双臂，多纤细啊，像人家小孩子的胳膊。"唐锦飞眯着眼睛，边说边摸了摸李臣的胳膊。

"肖媛，还是由我来喝吧。你知道，我行的！"唐锦飞高昂着头，没有松开肖媛的手。

"你有你的铜枝铁干，像刀，像剑，也像戟。"

"我有我红硕的花朵，像沉重的叹息，又像英勇的火炬。"

这声音多么铿锵有力，这情感多么真挚火热！

"像刀，像剑，也像戟！"李臣感觉自己的心在颤抖，被刀刺了一般。

他缓缓举起酒杯，面对唐锦飞："唐局长，我敬您一杯。刚才您朗诵的《再别康桥》中'不带走一片云彩'，那意境真美啊，希望您能记住今天这片云彩！"

说完，李臣向后稍退了一步，缩回举着酒杯的手，然后快速而猛力地将酒杯朝唐锦飞的一只眼睛戳去。

一片云彩，红色的云彩，是酒，也是唐锦飞和李臣的血。

四

虽然及时抢救了，唐锦飞的一只眼睛却没有保住，永久失明。
李臣进了海城看守所。

五男二女

一

其实梅老太的年纪也不算大，刚刚84岁，比当地的人均预期寿命大了一点而已。

由于已经有了重孙（曾孙，第四代），因此大家都习惯称她为梅老太。

去年夏天梅老太爷因病去世了，梅老太就一个人住在老房子里。

二

梅老太一共有七个子女，五男二女。

"五男二女"，是一个特别吉祥的数字。如果要问为什么，一时还真没几个人能解释清楚。但有个传统说法却是家喻户晓的：在当地，说媒的人常常挂在嘴边的一句口头禅便是："我包你们俩结婚，但不能包你们生五男二女！"

据此可以简单推断，生五男二女是非常难得、非常幸福也非常令人神往的。

很长一段时间，"五男二女"的确让作为普通农民的梅家夫妇感觉十分幸运和体面。

先介绍"五男"——

老大、老二出生得早，从小到大没有离开过家乡的土地，成家以后两家夫妻均以种田为生。可不要以为在家种田就不好，农村家庭有两个年纪轻轻的大劳力，还有什么困难解决不了？

老三去当了兵，"一人当兵，全家光荣"。每到春节，村干部和村文艺宣传队会敲锣打鼓到家门口慰问并送上慰问品。而且小伙子或大姑娘一旦穿上了军装，"最可爱的人"立马成为媒婆的重点关注对象。

老四初中毕业之后，顺利地考上了"小中专"，拿到了定量户口"硬本子"，成了"吃公粮的人"。

读了师范，知识面广，不仅老四自己，经他反复宣传解释之后，梅家大小终于弄明白了"五男二女"的意思："五男二女"表示子孙繁衍，有福气。宋朝时期常常绘印五男二女图于纸笺或礼品上以示祝福。出自《诗·召南·何彼襛矣序》孔颖达疏引晋皇甫谧云："武王五男二女。"

后面的出处比较晦涩难懂，但没关系，不影响人们对于"五男二女"的理解。

老五自小调皮，不爱学习，初中没毕业就辍学跟在别人后面学做瓦工。到底头脑灵活，没几年工夫，不仅成为一个出色的瓦工，而且做上了工程的包工头。

再来说"二女"——

大女儿和她大哥、二哥一样，在家种地。后来结婚嫁在了本村，仍然种地，只是换了所种的地块。

二女儿高中毕业后，高考落榜，不久进了当地一家地方国营纺织厂，有了一份当时算是比较体面的工作。

那时候的梅家，确实是人丁兴旺，亲戚、邻居们无不投来羡慕的眼光。

三

后来，梅家接连出问题，走了下坡路。

老三从部队退役后，到一家汽修厂从事汽车修理工作。不多久，结婚生子。

没料到，无缘无故患上了精神分裂症，不能正常工作了。起初精神时好时坏，后来渐渐住院的时间比待在家里的时间多了。他妻子无法忍受这样的日子，提出离婚，年幼的孩子归了女方。

老四从师范学校毕业后，分配到一所镇级初中教学。虽然教学实绩不十分突出，但还算中规中矩，加上人性格温和，学生及家长都能接受。

结婚后或许受性格强悍的妻子影响，老四越来越懦弱、越来越没有主意，后来竟然连学也教不下去了。上课的时候，常常有学生朝他后脑勺扔粉笔头或废纸团。

好在学校领导深谙"人尽其才"的用人之道，及时将老四调整到学校图书馆，总算保住了饭碗。

老五承包了为数不少的工程，却欠了同样数额不小的工程款和农民工工资。钱都用到哪里去了？据说因为既赌又嫖。

在债主追债无法脱身的情况下，老五丢下老婆孩子悄无声息地躲了出去。一家老小无人知晓他去了哪里。

二女儿上班的原地方国营纺织厂，改制成了民营企业。一个运转班上下来，工作量将近原来的双倍，工资却远远没有同步增长。

心情不好的时候，二女儿就埋怨起父母来，高考落榜时他们没有同意自己返校复习。学校寄了复习通知到家里来的，自己高考总分离录取分数线并不远。

这个时候，亲戚朋友、左邻右舍不再羡慕老梅家了。"鸡窝里到底飞不出金凤凰"，"他们家这姓就不好，姓'梅'，跟倒霉的'霉'一个音"。

梅老太对梅老爷子也颇多怨言："都怪你，不仅自己没做好样子，对孩子们管教也不严。"

这话说得没错，梅老爷当年是家里的"独苗"，少年时没吃过什么苦头，轮到自己独立过日子时，又迷上了玩牌，干什么活都不出色，教育孩子基本顺其自然。

四

元旦那天，梅老太在跨门槛时不慎摔了个跟头，跌得不轻，立刻不能再走路，躺到了床上。

第二天，梅老太的右大腿和臀部肿了起来，疼得直咧嘴。

大儿子家离得最近，夫妻俩也来得最早。"妈妈，我们到医院去查查吧，看看有没有摔骨折。"大儿子边说边拉了张凳子在床边坐下来。

"查什么呀！'七十三、八十四，阎王不请自己去。'你们想啊，早不跌，晚不跌，刚到84岁就跌了个大跟头，这不是命中注定的是什么呀？"梅老太忍着疼痛，跟老大夫妇讲道理，同时眼睛盯着他们看。

"什么七十三、八十四，这是我们农村人随便说说的，迷信的东西，哪有什么道理。"大儿子比较憨厚，心地也比较善良。

"别说，巧了，我外婆当年也是84岁去世的。这些民间的老话呀，还真让人不得不信。"大儿媳长得实在太胖了，她想往床边靠近一些，腆着的肚子却让她难以靠近。

"你们不用担心，过几天肯定会好起来。等腿消了肿，我就下床走走。"梅老太故作轻松地说道。

"那我们多买点水果、糕点过来，妈妈你可不能饿着了。多吃点，身体也容易恢复。"说完，大儿媳起身从方便袋里拿起一只大大的耙耙柑，剥开后，往梅老太嘴里喂上一瓣、自己也吃一瓣。

"逗逗怎么没来？"梅老太问。逗逗是老大的孙子、梅老太的重孙。

"在家待着呢。不让他乱跑。"大儿媳告诉梅老太。

"逗逗这孩子，跟我就是有缘分。"梅老太说完不再吱声。

自己的重孙子，当然有缘分。

老大夫妇前脚刚走，老二两口子后脚就到了。

"妈妈，医院已经人满为患、忙不过来。眼下止疼最要紧，我带了止疼药过来。"老二边说边从口袋里掏出药盒，"过会儿我到镇卫生院去，看看能不能请医生来给您挂点水。"老二长得精瘦精瘦的，一副营养不良的样子，但做事却比较精明。

"我们带妈妈去医院检查吧，腿肿得这个样子，可能骨折了。不及时治疗，一旦引起并发症，就麻烦了。"二儿媳帮梅老太搓揉着胳膊，说完之后看着老二。

"妈妈跌了跟头，抵抗力本来就差，再到满眼都是病人的医院去，如果感染上病毒，不是自讨苦吃吗？你一个妇道人家，头发长、见识短，不了解外面的情况就不要随便乱说。"二儿子瞪着眼睛，说话声音渐渐大了起来。

"我昨天还看见救护车来村里的，说明医院也不是一个都进不去。"二儿媳又轻声说了一句。

"听老二的，从小到大老二的头脑最灵活了。老二说的没错，我们傻呀？妈妈懂道理的。"梅老太使劲握了握儿媳的手，她知道这孩子心眼好。

"你的心意妈妈领了，妈妈不碍事的。再说，'人生七十古来稀'，我都 84 岁了，妈妈还能不知足吗？”梅老太转过头来，“老二呀，你们快回去吧，孩子们回来要吃饭的。”

做教师的老四来的时候，不仅带了牛奶，还带着脑白金、蛋白粉等高级营养品。

“妈妈，按理说现在我应该带您去住院，好好检查和治疗。但您知道的，爸爸生前去医院看病，不仅常常由我接送，不少费用都是我一个人负担的。不能总‘鞭打快牛’，他们几个也不该再装聋作哑。妈妈，多花工夫、多花钱，我当儿子的不会有意见，但总这样，您儿媳不答应啊。”到底是当老师的，老四一口气说了不少，听上去也很有道理。

梅老太当然理解，她怎会让自己的儿子为难呢！“老四啊，妈妈知道让你吃苦了，你在我和你爸身上花的钱最多，在家里受的气也多。这次我用不着去医院，我就在家里躺着，时间长了应该会好起来。你好好教学、好好过日子，可别和你老婆闹别扭。”

“妈妈您肯定该好好检查和治疗，别忘了咱们家可是‘五男二女’。”老四临走时，丢下一句一语双关的话。

不知哪个告诉了老三，他慢吞吞地走了过来。最近他精神尚可，在家休养。

草草看了梅老太一眼之后，老三开始自言自语：“我是来告别的，我要当兵去了，当坦克兵。妈妈，您听我唱首告别的歌——‘再见吧！妈妈，再见吧！妈妈……’我真的要去当兵了。妈妈，再见！”他抬手朝梅老太敬了个礼，转身出去了。

两个女儿是一起来看望母亲的。

“妈妈，您怎么不小心呢？快让我看看跌得重不重。”大女儿人还没进门，声音就传了过来。大女儿性格大大咧咧，半辈子下来了，没怎么出过家门。

“妈呀，跌得可不轻啊，这腿和半边屁股都肿得不像样了，不去医院看恐怕好不了啊。"仔细看了梅老太受伤的情况后，大女儿大声说。

"你咋咋呼呼什么呀！告诉你吧，你爸爸这几天常来跟我说话呢，他说是来接我的。我这半边身子，现在基本没什么感觉，它已经不是我的了，应该已经被你爸爸'接过去'了。不信你来掐掐，看我疼不疼。"梅老太对大女儿说。

见梅老太说得认真，不像开玩笑，大女儿真的用手指掐了几下母亲的大腿，梅老太果然连眉头也没皱一下。

小女儿却不相信母亲的"鬼话"。"妈妈，看您腿肿成这个样子，不到医院看可不行。如果骨折了，躺在床上恐怕好不起来，万一产生并发症，问题可就大了。"

见母亲不说话，眼神定定地看着自己，二女儿接着说："但是妈妈，我是女儿，有句话叫'嫁出去的姑娘泼出去的水'，去医院住院治疗，我说了不算。哥哥们应该趁早带您到医院去。"

"你就专心上你的班，我晓得自己的情况。你哥哥嫂子们都来过了，他们很关心妈妈、很孝顺的。"梅老太看着小女儿，想起这孩子小时候机灵又乖巧的模样。

当年就是梅老太没同意小女儿高考复读，现在她感到真有点儿对不起孩子。

这样，除了不知躲到哪儿去的小儿子，四男二女都来看望过梅老太了。

他们亲眼看到了母亲这个跟头跌得不轻的事实，也希望母亲能尽快好起来，但在梅老太各种说辞的推托之下，谁也没有及时将母亲送到医院去检查和治疗。

"五男二女"，"表示子孙繁衍、有福气"。这是书上说的。

五

人来人往中，两个多月过去了。

整天躺在床上无法起身的梅老太，人越来越瘦，胃口也越来越差。

她一遍又一遍不厌其烦地向来看她的人们解释着自己身体好不起来的原因——

"孩子们要带我去医院的，但医院住不进去。"

"'七十三、八十四，阎王不请自己去'，古人俗语，可不是随便说说的。命中注定的事，谁又能抵抗得了呢？"

"老头子从'那边'来接我了，我们两个要团圆了。"

倒是一直没产生什么并发症，梅老太的头脑也始终清醒得很。

六

不知是不是掐指算好的，从第78天开始，梅老太开始不吃不喝了。

除了让子女不时用棉签蘸点水润润嘴唇和鼻孔，真正是滴水不进。

"到喉咙口就下不去了。"梅老太给出的理由谁也无法不信。

同时，梅老太成天好话不离口。

"五男二女，我有福气啊。子女个个孝顺，他们都不停叫我去医院看的。"如此等等，这是向前来看望她的人介绍子女孝顺情况。

"恭喜发财啊！身体健康，万事如意。"这是祝福来人。

"宝宝聪明伶俐！好好学习，天天向上。"这是夸奖、祝愿孩子们。

梅老太已骨瘦如柴，说话的声音也越来越小了。

二儿子请了镇卫生院的医生到家里来看，医生抓着梅老太的胳膊反复看，说已经挂不进水了。

梅老太让子女把娘家人轮番请了来。"真高兴又见到你们了！见到娘家人，就没有什么遗憾啦。"

同样，在娘家人面前，梅老太将子女请医生到家里来给自己看病、不停地给自己买吃的喝的等等情况，说了一遍又一遍。

有娘家人建议："再到县里的医院去看一次吧，毕竟小镇卫生院的医生至今没有给出一个明确的病因。"

"吃不消喽，人到汽车上颠簸一下恐怕就没了。我有五男二女，个个对我好，这辈子我满足了。"梅老太毫不犹豫地谢绝了娘家人的建议。

七

又过了几天，梅老太离开了人世。这天正是她跌倒的第 84 天。

"真巧啊，84 岁，84 天。这八十四，是妈妈跨不过的一道坎。"子女们不停地唠叨着、诉说着。

"八十四、八十四，你们是说太婆就该活到 84 吗？可是去年中秋节的时候，太婆一个人在家里，爬上堂屋的柜子，在屋梁上挂了根长长的布带……我问太婆她在干什么，太婆说是要挂东西。后来，我跟婆婆（奶奶）说了这事，婆婆告诉我，要不是我到太婆家玩正巧碰见了，太婆那个时候可能就不在了。那样的话，太婆不就是 83 岁吗？"

大家惊讶地循着清晰的童声看过去，原来是梅老太的重孙逗逗在认认真真地说着。

心太软

一

"叮咚"，不出阿诚所料，远在澳大利亚的阿俏发来了信息："嘿，情人节快乐！永远年轻！"

她仍是这样，阿诚无奈地摇了摇头。

"全家节日快乐！"回复之后，他用指尖轻轻一推，并点击"确认"，删除了信息。

阿诚的思绪不由回到了 30 年前。

二

晚上，阿诚和阿珏一起到学校文化礼堂看了场电影，是阿珏提出去看的。

明天，大四的学生就要离开学校到各单位实习去了。学校这安排可真绝，今晚放的电影竟然是《魂断蓝桥》。看了这片子，估计很多同学，尤其是那些恋人们会断魂又断肠了。

《魂断蓝桥》是阿珏特别喜欢的，她也一直喜欢主演费雯·丽。其实那次和另外几个同学一同出游时，阿诚和阿珏在杭城大剧院已经看过这部经典老电影了。

第二次一起看，他们俩还是忍不住都流泪了，尤其阿珏，好几个地方哭得不能自已，把头深深埋进阿诚的臂弯里。

"老朋友怎能忘记掉过去的好时光，老朋友怎能忘记掉过去的好时光！"听着这舒缓、优美却令人伤感的旋律，阿诚的心有一种被离别撕扯的疼痛，整个人仿佛要被离愁所吞噬、淹没了。

明天就要分别，直到最后回校参加论文答辩，阿诚知道，这期间他和阿珏见面的机会并不多。

阿珏将回自己的家乡杭城实习，而她父母，是不同意她和阿诚见面的。

阿珏的父母年轻时都曾当过知青，颇具戏剧性的是，下放的地方正是如今阿诚家所在的乡村，北方临海的一个小渔村。

电影结束后，阿珏从寝室取了个包裹送给阿诚，是阿珏亲手织的一件毛衣。

阿珏摊开毛衣，阿诚看清了，胸前织的图案是两颗连着的心，两条袖子上织的则是相互缠绕的藤条，阿珏说这是紫藤。

阿珏还送了一本影集给阿诚，阿珏的每张照片背面都画着些简笔画，并有阿珏抄写的文字。阿珏的诗画在全校是有名气的。

在最大的一张照片后面，是一首歌的歌词，那是阿诚熟悉的《纪念相片》——"送给你一张相片，后面写着我的名字，亲爱呀亲爱的，你要把她复印在心底……"

三

送走阿珏，正对着毛衣出神的时候，"叮咚"，阿俏发来了信息："阿诚，心情复杂吧？过会儿来看看你。"

刚才在学校文化礼堂门口见到了阿俏，她也去看了电影，是一个人。

"我想一个人好好静一静。"阿诚回复阿俏。

"我已经到你寝室的围墙外面了。"阿俏打字可真快。

"下次再聊吧。我真的有点累。"阿诚并不想见阿俏。

"老乡加上六年半的同学，难道连见个面说说话的面子都不给？我在外面等着。"阿俏从来都这么有耐心。

阿俏和阿诚是老乡，从高中起就是同学。阿俏对阿诚说过，填报这所院校，就是仿效阿诚的，他做事，总令她感觉靠谱又踏实。

不过，由于各自擅长的学科不同，他们并不在同一个系，当然也不同班。

阿俏不是阿诚喜欢的那类女生，他也不希望阿俏常常围着自己转。他始终是坦诚而小心的，从来未曾有意无意地误导过阿俏。

"明天大家就要离开校园了，也不知道将来会怎么样。外面气温好低，真冷！"阿俏又发来信息。

"那么……我们到外面走走，或者到你寝室去聊会儿。"这个时候，阿诚不希望其他同学看到阿俏在他身边，因为他们知道阿俏喜欢他这个老乡。

"好啊！我就料到你可能不让我到你寝室去。可这真的没关系。"阿俏十分善解人意。

四

出了寝室大楼，刚走几步，阿俏就轻轻挽着阿诚的胳膊。"春寒料峭，出门时忘了穿件外套，外面实在是冷。你别太介意了。"说话间，阿俏似乎哆嗦了两下。

"你还是别牵着我的手，这样真的不太合适。"阿诚知道，在这个特别的日子里，男生和女生寝室之间这条路上，又怎会太安静呢。

"这么冷，大哥，多一些人情味吧。"阿俏仰脸笑了起来。

"你总是心太软，心太软……"这是谁放的音乐？阿诚听了有一种哭笑不得的感觉。

还真巧了，一会儿之后，他们就遇上了跟阿珏同一寝室的阿艳。

虽然路灯不十分明亮，但阿诚分明看见阿艳侧头盯着他们看了几下。

阿艳当初曾喜欢过阿诚，而阿诚寝室的阿冲曾喜欢过阿珏。阴差阳错，结果却是陪阿冲跑来跑去的阿诚与阿珏走到了一起。

五

"开学时，我从家里带了不少好吃的过来。明天就要离开了，放着也是浪费。到我寝室去喝一杯吧，有红酒。你是个大男人，总不至于担心谁将你吃掉吧？"阿俏抬头看着阿诚。

路上走着的人还真不少，让熟悉的人撞见又会惹闲话，还不如去阿俏寝室坐会儿。

阿俏打开寝室的门，里面空无一人，"她们几个可能也到自己老乡那儿喝酒去了吧，毕竟明天就要离校了"。阿俏似在告诉阿诚又像自言自语。

阿俏麻利地从柜子里拿出红酒，直接用工具打开了。

"你是老乡、同学，也是大哥，今晚就别太端着好不好，我们好好喝两杯。"阿俏边倒红酒边说。

"我理解你的心情，你爱阿珏，阿珏也爱你，可她父母对咱们家乡陈见太深，不同意你俩恋爱，这的确让人烦恼。不过话说回头，'可怜天下父母心'，谁都希望自己的子女有更高起点，人家杭城什么地方？各方面什么条件？你能分配过去吗？而让阿珏到我们家乡来的话，换位思考，我们会是什么感受？"说到这儿，阿俏停顿了一下。

"当然，只要你们俩坚持下去，最终做父母的又能怎么样呢？"阿俏将一些吃的东西从食品袋里倒了出来。

"让我来吧，你坐下来。"阿诚从阿俏手中接过食品袋，他不是那种习惯于别人伺候的人。

"先尽情享受家乡的美味吧，把烦忧放一边去。'今宵离别后，何日君再来！'"阿俏笑嘻嘻地说。

"你看，这些都是我们从小吃到大的东西，家乡的味道。先干一杯，嗯？"阿俏调皮地做了个鬼脸，一仰脖子，将一杯红酒一干而尽。

"你可别喝这样猛，喝醉了不好。第一杯干了，后面我们慢点儿喝。"说完，阿诚也举杯干了。

"'我们慢点儿喝'，阿诚，你自己说的，你终于肯施舍时间给我了，哈哈……谢谢你！冲着你这句话，我再干一杯。"阿俏又一口干了，"你也干了吧，同学六年半，我可是第一次有机会单独跟你喝酒。"

阿俏喜欢阿诚，她坦率告诉过其他同学，有时候共同参加学校组织的活动，她常常围绕在阿诚身边。似乎也找不出什么明确的理由不让她这么做，何况她从没跟阿珏耍过什么坏心眼，或者让阿珏感到难堪。

今天阿俏似乎有点反常，但明天就要各自奔赴实习单位，人非草木嘛。

听了阿俏的话，阿诚突然觉得自己有点对不住她，于是，又诚心诚意地敬了阿俏几杯。

喝着喝着，他们都有了些醉意。

"阿诚，你说今天这电影，学校安排得多不好啊，《魂断蓝桥》，那些镜头、那些音乐，太令人伤感了。我知道，你和阿珏看了心里一定会难过。但你知道吗？我心里也一阵阵地疼痛。"说着，阿俏端起酒杯，起身站到阿诚身边。

"梁山伯与祝英台'同窗共读整三载'，我跟你同学近七年，我一直默默追随着你、注视着你。这容易吗？可是我愿意。阿诚，我就是喜欢你！"阿俏又一口将杯中酒干了。

放下酒杯后，她踮起脚，伸出双臂环绕着阿诚的脖子，一下子将双唇贴在了阿诚的嘴唇上。

六

"笃笃笃，笃笃笃……"突然响起一阵急促的敲门声。

"谁呀？真扫兴！"阿俏放下手臂，冷冷地问。

敲门声让阿诚本来有些恍惚的神志一下子清醒了过来，他赶忙拿起面巾纸擦了擦嘴唇。"哎呀！"面纸上留下鲜红的唇印。

阿俏不紧不慢地开了门。"哦，原来是阿珏。进来坐会儿，喝杯酒吧。明天就要出去实习了，今天我们算彼此送个行。"

"你们慢慢喝吧。"阿珏不仅看到阿诚和阿俏满脸通红，还看见了阿诚手上拿着的带着唇印的面纸。

"阿诚，请将我的照片还给我！如果上面没有我这些天写下的东西也就算了，不还给我，你看了会笑话我的。毛衣也先还给我，我拆了重结，否则那上面的图案也太好笑了。"阿诚听得出，阿珏的声音发抖，也看得出她浑身在颤抖。

"不，阿珏，你听我解释，不是你想的那样。"阿诚感觉难堪极了，也难受极了，"你听我解释，我和阿俏真的没有什么。阿俏，是不是？"

"不用解释，明天请将我的照片和毛衣还给我。我要回寝室了。你们继续喝吧，打扰你们了，也让你们扫兴了。"说完，阿珏迅速转身离开。

"不！我得向你解释清楚。阿珏，你听我解释好吗？"阿诚跟着阿珏快步走了出去。

七

第二天，阿诚收到了由阿艳转交给他的两封信。一封是阿珏写给他的，一封是阿俏写给阿珏的。

阿诚：

这一夜，我一宿没能入睡，这一夜我泪湿衣襟。

怎么也没想到会这样。

当阿艳告诉我，阿俏挽着你的胳膊往女生寝室走的时候，我不敢相信也不愿相信。

阿艳说："不信你到阿俏宿舍去一下你就相信了，阿俏喜欢阿诚可不是什么秘密。"

请看看我在照片背面写给你的话吧。可我错了，我还是看错人了。现在想来，我是多么傻、多么好笑。

阿俏信中说的那些事，我没心思去求证真假，没必要也没意义。你到她寝室去了，你们一起喝酒，你还吻了她，这些你没法否认也不该否认。

昨晚，我们看完电影后分开才多长时间啊，你转身就去亲吻了另外一个女人。

阿诚，现在你是我曾经熟悉的陌生人了。想起昨晚你站在阿俏旁边的那个样子，我忍不住像吞下苍蝇一样恶心。如果你怪我说话没涵养，就请先检点自己的行为吧。

再见了，我曾经的爱；再见了，我曾经的爱人！

毛衣请让阿艳带给我，我会重新织好给你。

阿珏
即日

阿珏：

对不起，让你生气、难过了。

但请你不要怨恨我，这不是我的错。是阿诚主动约了我，说马上外出实习，以后见面的机会就少了。

也许是酒后吐真言吧，阿诚说你爱他不够多也不够深，说你总顾虑父母最终不会同意你们相爱，所以常常处在矛盾之中。

实话告诉你吧，阿诚在高中的时候曾经向我求爱，可我毫不犹豫地拒绝了他！因为凭直觉，我感觉他不可靠，对感情不够专一。他再怎么示好，我也不会心动的。

阿珏，你这么优秀，他真的配不上你。离开他吧，离开他就是离开了烦恼。

真搞笑，他这样一个伪君子，名字却叫"阿诚"。昨晚，他借着酒劲强行吻了我。幸亏你来得及时，否则真不知他还会有什么拙劣的表演。

阿珏，只有女人才真正理解、体恤女人。我写给你的这些，请千万别告诉阿诚，否则就辜负了我的一片好意。

当然，即使你告诉了他甚至将我的信给他看，他也绝不会承认

232

的，反而会千方百计编织花言巧语来蒙骗你。

　　我们永远是好姐妹！

阿俏
即日

八

　　读完两封信，阿诚在惊讶、愤怒之后，陷入了沉思。

　　怎么会是这样？

　　"你总是心太软、心太软，独自一个人流泪到天亮，你无怨无悔地爱着那个人，我知道你根本没那么坚强……你总是心太软、心太软，把所有问题都自己扛，相爱总是简单，相处太难，不是你的就别再勉强。"

　　有人又在播放这首《心太软》。

挖墙脚

经过半年多时间装修，又特意晾了些日子，春节之前，伍振忆一家喜气洋洋地搬进了新房。

一天中午下班时，伍振忆看到楼下车位上堆满了土，都是新挖出的土，堆得像座小山似的。

"难道是造景吗？不会吧，堆坡造型也不应该在车位上。究竟怎么回事？早晨去上班时这儿还清清爽爽的呀。"心里迷惑着，他赶紧停了车，跑过来看情况。

原来是位于一楼的一间车库里在不停地向外运土，用那种大箩筐，一筐一筐地朝外运。车库外"小山"的高度继续在增长。

这幢楼的一楼分成前后两个部分，前面朝阳的是门市，后面背阳的是车库。门市另外面向社会销售，车库分配给楼上的住户。

这间挖着土的车库是张维西家的，他家和伍振忆家住在同一楼道。

走进车库，伍振忆看见地面有个大坑，一架竹梯竖在里面。车库里没有电灯，坑太深了，井似的，粗一看甚至看不清里面有没有人。

当然，这时候里面肯定有人，因为不停有土送出来。

哎呀，新房子，花了一大笔钱购置的，可不像衣服一样想换就换，怎么能不顾安全随便乱挖呢！

"你们这是干什么？大楼根基的土挖出这么多来，不怕影响楼房安全吗？这坑挖了干什么用？"伍振忆焦急地问道。

"我们就是挖个地窖，藏酒用，我老爸喜欢喝酒。"回话的人正是车库的主人张维西。

"藏酒用的地窖需要挖这么深吗？太夸张了，这样会影响房屋安全啊！你们自己看，外面的土已经堆得像座小山似的。老张，这幢楼可不是你家一户人家的，大楼的安全关系到我们所有住户！"伍振忆脸色沉了下来。

这不是瞎搞嘛，谁给他们权利随意乱挖的！

"这幢楼是全框架结构的，挖掉些土碍什么事呢？至于这么着急吗？你也太敏感了吧？"张维西一副满不在乎的模样。

这样挖究竟碍不碍事，伍振忆一时也吃不准。于是，他打了两个电话给搞建筑的专业人员，结果两人都表示，大楼根基回填的土不能乱挖，更不能大量挖去，否则会影响楼房的稳固与安全。全框架结构也不行。

这下伍振忆真急了。"不能再挖了！赶紧将外面的土回填进去，否则影响楼房安全。这可不是小事，你们自己也住楼上。新楼房，刚刚住进来啊，可不能给搞成了危房！"

"不要大惊小怪好不好！挖个酒窖而已，至于影响安全吗？我家楼层比你家高，我都不怕，你怕什么？自家的车库，我有这个自由。老伍，你赶紧回家吃饭，少管闲事。"张维西歪着头，不紧不慢地掏出香烟，点上火，悠闲地吐出烟圈。

"话可不能这么说。车库是你家的，大楼安全却是大家的，含糊不得。你们再不停止，我就请建设部门执法人员来制止了。大家都是邻居，抬头不见低头见，最好不要弄到翻脸的地步。"伍振忆感觉心里的火气"噌噌噌"地向上冲。

"这样的邻居，这样的言行，如果任由着他，今后可不会消停。今天决不能姑息迁就。"伍振忆心里掂量着。

"你喊执法人员吧，吓唬谁呢？我可不买账。如此小题大做，有点神经质！"张维西又吐出几个圆滚滚的烟圈，并伸出手指一个个捅破。

"那就别怪我不客气了。"说完，伍振忆直接拨打了当地建设部门的举报电话。

伍振忆记得，建设部门负责违章建设行为执法工作的是施硕昊，他们之间比较熟悉，两人都是当地政协委员，经常一起参加会议和视察调研活动。

不一会儿，执法车辆载着执法人员到了，带队的正是施硕昊。他们仔细察看了情况、丈量了坑的尺寸，并向张维西宣传了有关法律法规。

执法人员不仅发放了立即停止违法行为的通知，还在墙上张贴了告示，要求限期恢复原状。

"麻烦你们了！谢谢你，施队长。"伍振忆对执法人员的工作比较满意。

"不用谢，这是我们应该做的。乱挖大楼根基，很明显是违法行为。为了自己藏酒，挖出小山似的土来，那还得了！禁止挖墙脚，丝毫不能含糊！"施硕昊大声地说，同时，把手有力地一挥，"必须迅速恢复原状，否则严加惩处！"

临离开时，施硕昊对张维西说："下午你到我办公室去一趟，我把有关程序和要求跟你讲清楚。"

见执法队伍将工作做得如此认真细致，伍振忆更加放心了。

下午下班回来，果然，伍振忆发现土堆消失了，墙上的告示也不见了。"立说立行，铁腕执法"，他的头脑中闪现出这几个字。

走近了看，大大出乎伍振忆的意料：竹梯还竖在那儿，大坑仍是大坑，有人在往坑里递砖头。再仔细看，坑里面有人在砌墙，将坑的四周用砖头砌起来。

不是说"必须迅速恢复原状，否则严加惩处"吗？这些话施硕昊讲出来的时候声音洪亮且带着一股威严啊，他们可是建设部门的执法人员！

伍振忆赶紧掏出手机拨打施硕昊的电话："喂，施队长吗？我伍振忆，怎么那个车库没有恢复原状？土都运走啦！你们有人跟踪监督了吗？"

"哦。是这样的，执法需要一个过程，我们是按程序走的。"施硕昊声音不大不小，比较平稳。

"不是！施队长，堆得小山似的土被运得一点儿不剩，以后张维西会买土来回填吗？这事不应该是这样的结果吧？"伍振忆音调高了起来。

"以后土怎么来，是他们的事；我们得按我们的程序来。抱歉！这边还有人等着，我先挂电话了。"施硕昊似乎有点不耐烦。

"不，你稍等。施队长，是下午张维西到你办公室去，将这事搞定了吗？"伍振忆极其严肃地说。

"这话你可不能随便讲，请注意分寸！"施硕昊的声音变得比较冷峻了。

"我没有随便讲。好几拖拉机的土，就这样轻易被运走了，你们却没有及时制止。现在连墙上的告示也不见了。出现了这样的情况，你们不是被搞定还能是怎样？"伍振忆有自己的判断，他的内心十分气愤和失望。

"请不要讲这么难听的话！"施硕昊急了。

"那就请你们做出令人信服的事。"伍振忆声音铿锵有力，"这样下去，你们绝不会有好下场！"

一个多月后，施硕昊因经济问题被当地纪委留置。导致这一结果的，并不是上面这件事。

一念之间

开不开车？

大年初七，早晨。今天该上班了。

年后头一天上班，阿涛自然十分重视，"不迟到、不早退"这一习惯，从上学时期就已养成。

可是阿涛感觉人还是发困，头有点昏昏沉沉的。

昨晚朋友们小聚，阿涛特意控制了酒量。平时放开喝，喝个半斤八两不成问题，但第二天要上班，得开车。

"多难得啊。再喝一杯！还有一整夜的时间呢，不会影响开车。"

"'人生得意须尽欢，莫使金樽空对月'。阿涛，你是县表彰的先进个人，在单位也受到了表扬，还不多喝两杯庆贺庆贺？"

"节前我们都感染了，现在我们又都好好的了，不喝，对得起这美丽世界与大好春色吗？一起干一杯，告别凛冬，迎接春天！"

如此等等。

有谁说错了吗？都没错。阿涛也觉得有太多喝酒的理由。

但真的不能多喝，明天得准时上班，这个事实怎么也无法改变。

散席回家时，已经十点多钟，抓紧时间洗澡、吹头发等，再喝点儿茶水冲冲酒气，休息时就比较迟了。

　　早晨在闹钟声里起了床，阿涛感觉浑身没力气，头脑发晕，脚步打飘。因为近几天几乎都在聚会、喝酒，睡眠严重不足。

　　也难怪，这个春节太不同以往了，为此人们多放了多少鞭炮？微信、短信多发了多少拜年问候？聚会吃饭多喝了多少酒？旅游景点多了多少游客？

　　"开不开车？"阿涛反复问了自己好几遍。

　　其实，昨晚也没喝多。今天大年初七，交警一早上路检查酒驾的可能性不大，我从城边走，不经过街中心的道路……阿涛给了自己几个理由后，驾驶私家车上了路。

　　"前面怎么了？是警察执勤吗？"在刚出门不远的一个路口，阿涛还没怎么反应过来，车已随着前面的车流进入了一条由红白色路障隔开的单行道。

　　"果然是警察，今天运气怎么这么差！"阿涛一时慌了神。

　　虽然人很年轻，但阿涛一向讲究规矩、遵章守纪，做事比较严谨、稳重，遇到过的突发情况更不多。

　　"如果在查酒驾，今天可能要出事、出丑了。"车靠了边，阿涛看清了，不止一个警察手里拿着检测酒驾的仪器，让打开车窗的驾驶人员伸出头去吹气。

　　也不是人人都被要求吹气。"是警察凭借自己的职业敏感来判断与选择吗？我会不会被要求吹气呢？"阿涛感觉自己心跳加快，手脚忍不住发抖。

　　"如果被测出酒驾，被记分、罚款，我都认了。可是听说会通知单位，弄得单位人人皆知，那丑就出大了。一旦那样，我还算个好青年吗？领导会怎么看我？同事会怎么待我？还有相处得挺好的女朋友，她还会喜欢我吗？"一瞬间，纷乱如麻的思绪如潮水一般涌了上来。

　　一位看上去皮肤黝黑但与阿涛同样年轻的警察，示意阿涛放下车窗玻璃，他手里正拿着彩色的检测仪器。

阿涛感觉那彩色是如此刺眼、令人恐惧。车窗玻璃放下后，一阵寒意扑面而来，令阿涛忍不住打了个冷战。

年轻警察面带微笑，伸手将检测仪器递了上来："你好！请张嘴吹气。"

"你好……"阿涛机械、僵硬地回应了一声，脚却鬼使神差般地踩下了油门。

前面正好没有其他车挡着，阿涛惊慌地加大了油门……

几乎是一路狂奔，穿过街道，超越车辆，阿涛感受到了"疯狂逃窜"的滋味。

没敢回头看一眼，终于到了城东。阿涛放慢车速，准备过城东大桥，"不好，前面有两辆警车，是在等候抓我的吗？"

阿涛如惊弓之鸟，"刚才已经逃出来了，现在如果被逮住，可是罪加一等啊！"

也许是专门等候阿涛的，也许不止为了他一人，两辆警车在桥头夹击，可真是插翅难飞。

然而，在放下车窗玻璃回答警察问话的时候，阿涛还是鬼迷心窍，再次踩下了油门，车轮碾压过警察的脚面……

车轮碾碎了警察的脚骨，阿涛却没能再次逃脱。他被带进了派出所。

酒精测试结果却是一切正常。阿涛昨晚本就没多喝啊。

在派出所里，阿涛慢慢复盘那恍如梦境、不可思议的十多分钟……

守法与犯法原来只有一念之差，先进青年与违法犯罪分子原来只有一步之遥。

是偶然还是必然？是虚荣心与侥幸心理导致，还是心底法治意识本就不强？

把书落在了出租车上

一

午饭前，得到范爷爷赠送的签了名的书时，我还如获至宝，而现在离开出租车的时候，我却故意将书落在了出租车的座椅上。

当然，我不会让坐在前排的爸爸发现。

不是我变化快，我真的很无奈，因为我已经无法说服自己还留着它。

二

我是一名"95后"，也算是一名文学爱好者。虽然没写过多少文章，但我读过的书在同龄人中一定属于比较多的。

六月份研究生毕业之后，尚未正式入职。

这个暑假，嗯……不对，现在已经完全离开了校园，对我而言，就没有什么暑假之说了，应该说是七八月份，爸爸经常带我去书院听各类文学讲座与分享会。

爸爸是我们当地作协的负责人，兼任一家书院的院长。

书院环境真不错，空调效果也好。在这儿，听听老师们的讲座，分享他们关于写作的经历与体会，有时拿到他们签名的赠书，还经常有水果点心等可以享受。

收获多多，反正我现在有的是时间，何乐而不为呢？

今天是个星期天，上午，爸爸又带我来书院听讲座。

爸爸告诉我，今天的主讲人是一位堪称德高望重的老前辈，人们称他"范嗲"，在文学领域颇有造诣。今天他还带了自己新近出版的短篇小说集来签名赠书。

范爷爷穿了一套中式服装，手里拿着把大大的折扇，看上去儒雅、大气。人如其名，挺有学者范儿。

对于虚构（相对于纪实而言）文学创作，范爷爷讲得绘声绘色、深入浅出，非常通俗易懂。

听了之后，我还真弄明白了一些基础知识与要点。这里简要分享给大家，标准的现买现卖，嘻嘻……

虚构文学写作主要有以下几大要素：渴望、障碍、行动、结局、情感和展示，其中渴望与障碍又称为冲突。

需要记住的是，"情节变得越来越糟糕，故事就越来越精彩"。人物尤其是主人公的每一次渴望，都得遇上重重障碍，然后采取相应行动。如此冲突不断，反反复复，一直持续到故事结尾。这样，你的创作就能够成功。

我拿起范爷爷的书，读了其中几篇。别说，果真如此，情节冲突越激烈，故事越扣人心弦。

三

讲座结束后，中午爸爸和作协的同事招待范爷爷吃饭，部分听讲座的叔叔阿姨们作陪。

会喝酒的还喝了点儿地产酒。席间谈笑风生，气氛热烈，大家纷纷敬范爷爷的酒。

边吃边聊，吃完已经是一点半钟左右。

到楼下将离开时，爸爸对范爷爷说："范嗲，我喊个朋友开车来送您回家吧。"

我知道爸爸是出于客气。我们平时出行，只要爸爸需要喝点儿酒的话，都是喊出租车或者网约车。

"方便的话，就请个人来吧，找辆大一点的车，我还有部分书要带回去。"没料到范爷爷真答应了。

现在可是下午一点多钟，夏天暑热，多数人正在午休呢。

来酒店的时候，范爷爷不是乘一个高个子叔叔的车来的吗？

"范嗲，您还是跟我走吧，剩余的书在我车上呢。"高个子叔叔开了口。

"你不也喝了酒吗？"范爷爷问，"喝了酒哪还能开车？"

"刚刚我已网约了代驾。"高个子叔叔回答。

"这儿离城区这么远，有人愿意到这儿来代驾吗？应该有七八里路程。"范爷爷接着说。

"没事的，约好了。可能要多等一会儿，我们正好再聊聊。"高个子叔叔脸喝得红红的，头脑倒清醒得很。

"你的车太小了点儿，坐着不大舒服。"范爷爷脸色有点不太好看了。

其实高个子叔叔块头比范爷爷要大呢。

四

等的时间还真不短。

过了 20 分钟，一位穿着白衬衫、衬衫外面又套了件蓝背心的代驾小哥，骑着辆小自行车过来了。

高个子叔叔打开汽车的后备厢，让代驾小哥将折叠起来的自行车往里面放。

"不行，后备箱里有我的书，自行车放不进去。"范爷爷突然大声说。

"我看清里面的东西了，自行车能放进去。"代驾小哥轻声说，"我们天天干这活，有数的。"

代驾小哥将书挪到一边后，拎起自行车放了进去。

"哎呀，自行车怎么能放在我书上，不把书给压坏了吗？"范爷爷拉下脸，语气比较严肃。

"老先生，您请看清楚，放车的这边只有牛皮纸，下面一本书也没有。请您相信我的职业素养。"代驾小哥仍然面带微笑。

"你们这些粗人就是不懂得爱惜书。你上学的时候肯定没好好读书，否则怎么会做代驾呢？"范爷爷一边说话，一边摇着手中的折扇。

"您还真别说，我挺爱读书的。我们做代驾，可能属于粗人，但不等于我们就不爱读书。"代驾小哥看上去有点生气了，"我上学的时候成绩可不差，只不过因为家庭经济条件不好，没有机会读大学而已。"

"既然您不让我将自行车放在里面，那就算了吧，这单生意我还真的不是非做不可。我们做代驾的人也有自尊心的。"代驾小哥随即把自行车拿了出来。

"哟呵，自尊心还挺强的。真这么有自尊就别做代驾！"范爷爷哼了一下。

"代驾怎么了？劳动最光荣。我们代驾凭技术和汗水吃饭，不低人一等。"代驾小哥眼睛盯着范爷爷。

"我讲两堂课，应该够你代驾一个月。'复杂劳动是倍加的简单劳动''劳心者治人，劳力者治于人'，这些道理你懂吗？年轻人，牛气是需要本钱支撑的。"范爷爷跟代驾小哥较上劲了。

"我是不懂这些大道理，我就记得'革命工作只有分工不同，没有贵贱之分'。"代驾小哥毫不示弱。

"范哆，您别急啊，我们把书再整理一下，好好放到一边，将另一边完全空出来。代驾小哥也不容易，从城区那么远赶过来。这位小师傅您也别急了，即使我们不要代驾，费用我也一定照付。"高个子叔叔打着圆场。

后来，经过简单整理，折叠自行车很轻松地放在了后备箱的一侧。

他们离开之后，我和爸爸也打了一辆出租车回家。

坐在车里，我头脑中不由自主地回放起刚才的情景。

"范爷爷擅长创作虚构文学作品，难道他已习惯于将与别人发生冲突作为一种生活体验？冲突越激烈，故事越精彩，那是写作技巧，生活中还是以和为贵啊。社会主义核心价值观，范爷爷肯定经常讲到的。"我在心里暗想，"代驾小哥说得对，每一位劳动者都值得尊重。"

从出租车下来的时候，我故意将范爷爷赠送的书落在了车的后排座椅上。书里面的故事再精彩，我也没有了读的欲望与心情。

当"老虎"离开之后

她属虎，他属猴。

虽然她个子有点矮、长相较为普通，但毕竟是一家国有企业党委书记的女儿；而他，则是地地道道的农民儿子。

不过，平心而论，她父母对他真的挺好。

他在一个小镇的政府办公室任文书，虽然算不上大笔杆子，但文字功底不错。

他还会写大字，用毛笔和一种叫作"排笔"的，在整张纸上写、在大牌子上写、在户外墙上写，写各式各样的宣传标语。

他们有一个儿子。孩子自小就聪明伶俐、惹人喜爱。

一家三口，小日子过得安安稳稳、和和睦睦。

一天，有个算命的盲人经过他们家门口，她喊住盲人，给算一算。

还没报上生辰八字呢，盲人就先开了口，说他们家是她当家做主，他不做主的。

邻居们听了哈哈大笑，有人起哄："盲人算得准呢！她是老虎，他是猴子。"

其实也看不出她强势，她的脸上倒是有点儿苦相；他也似乎没感到憋屈，本身性格比较温和，确实偏软了点儿。

在她 55 岁那年，突然得了脑出血。那天一早，她先说头疼，后来大喊了一声"妈妈呀"，人就晕倒了。

此后虽然在市里最好的医院抢救了好些天，但终于没能醒过来。

她离去了，留下他和儿子一起过日子。

转眼一年过去了，有人为他介绍新的女人，他不答应。

他是文书出身，电脑用得好，网络同样玩得转，他想的是自己用心寻找，寻找心仪的女人。

不久，他在网上恋上了一位外市医学院的医生。对方在离婚之后尚单身，有个女儿在美国，女儿还有自己的企业。

他们很投缘，几乎是一见钟情。

几个月之后，他们到民政局领了结婚证，双双赴美国她女儿那里。

他就在她女儿的企业干活，以体力活为主。企业也同样发他工资，只是工资并不算高。

两年之后，她拿到了在美国的居住权，他们之间却没有了共同语言。

其实自他们认识以来，他一直没有太多话语权。

渐渐待不下去了，他只得怀揣两年积攒的工资，只身回国，回到了自己家中。

但他们尚未办理离婚手续，从法律层面上说还是合法夫妻。

不甘寂寞的他继续在网上寻找自己喜欢的女人。

不久，一位家住省城的单身女子向他表示了好感。他毅然奔赴省城，和这个女子生活在了一起。

只是，这个女人很会花钱，他辛苦两年用汗水换来的钱，没几个月就被花光了。

没钱了，他就跟儿子要。几个月下来，用掉儿子十多万元。

眼看着他越来越窘迫，她把他赶出了大门。

此时的他已经"为爱痴狂"。

很快在网上又恋上一位安徽女子。她是一位教师，而且是体育教师，年轻、充满活力，但她没有房子。

他来到她学校附近，在宾馆开了房，包月。

可是除了退休金没什么余钱啊，跟儿子又要不到钱了，怎么办？

借，跟亲戚借，跟朋友借……搞得亲戚朋友都怕见到他了，知道他只要一开口就是借钱。

后来，儿子在竭力劝阻无效后开口骂他："你就是个发情的公狗！可你不能再借钱去满足自己，亲戚们不能为你寻快活买单！你真无耻！"

他则慢条斯理地回答："我都一大把年纪了，再不珍惜有限的光阴，那不太可惜了？"

此时，人们已经无法将眼前的他与过去的他联系起来。

前后也就几年时间，变化怎会如此之大呢？

如果生活没有变故，"老虎"没有离去，谁能料到他会这样。

与"老虎"一起过日子的时候，他的内心世界究竟是怎样的呢？